Atiq RAHIMI

悲しみを聴く石

アティーク・ラヒーミー　関口涼子［訳］

白水社
EXLIBRIS

悲しみを聴く石

夫に惨殺されたアフガン詩人、N・Aの思い出のために書かれたこの物語を、M・Dに捧ぐ。

装丁
緒方修一

カバー写真
畠山直哉
「A BIRD」より

身体から、身体を通して、身体とともに、
身体に始まり、身体に終わる。

アントナン・アルトー

アフガニスタンのどこか、または別のどこかで

せまく、細長い部屋。壁は明るい空色に塗られ、二枚のカーテンには黄色と青の空に羽ばたく渡り鳥の柄《がら》。しかし、部屋には息が詰まるような空気がただよっている。カーテンにはあちこち穴があき、そこから陽《ひ》の光が差し込んで絨毯《キリム》の色あせた縞の上に落ちる。部屋の奥にはもう一枚のカーテン。緑色で、柄はない。その向こうには今は使われていないドア。あるいは納戸だろうか。

部屋には何もない。装飾と呼べるものは何も。ただ、二つの窓の間に小さな半月刀がつるされ、その上には一枚の写真がかかっている。髭《ひげ》を生やした男の写真。三十がらみで、癖のある髪。四角張った顔が、念入りに整えられたもみあげによって囲われている。輝いている黒い目。目は小さく、鼻は鷲鼻《わしばな》だ。男は笑ってはいないが、どこか笑いをこらえているようでもあり、妙な表情になっている。見ている者をばかにしてるような表情だ。写真はモノクロで、手彩色がほどこされているがその色は褪《あ》せている。

床には、写真と向かい合うように同じ男が、今では少し年をとって、じかに敷かれた赤いマットレスに横たわっている。男の髭には白いものが混じっている。写真よりやせている。やせすぎて、もう骨と皮しか残っていない。顔は青白く、しわだらけだ。鼻はますます鷲のくちばしに似てきた。男はやはり笑っていない。人をばかにしたような妙な表情は相変わらずだ。半ば開かれた口。目はさらに小さくなり、眼窩《がんか》に沈み込んでいる。視線は天井に、黒ずんで、腐りかけ、むき出しになった梁《はり》と梁の間に、釘付けになったまま。腕は力なく身体に沿って投げ出されている。透き通った皮膚の下には、静脈が、ぼろぼろの身体から張り出した骨に、窒息しそうなミミズのように絡まっている。左の手首には自動巻の時計、薬指には金の結婚指輪。右ひじの内側には、カテーテルの針が刺され、頭上の壁につるされたプラスチック製のバッグから、色のない液体がしたたり落ちている。顔と腕以外の部分は、襟《えり》元と袖《そで》口に刺繍《ししゅう》のある長く青いシャツに覆われている。二本の足は杭《くい》のように堅くこわばって白いシーツの下に隠れている。シーツは汚れている。

男の呼吸に合わせて、一人の女の手が彼の胸の上で上下している。手は心臓に乗せられている。女は座っている。ひざを折って胸元に引き寄せ、頭をひざに乗せて身体をまるめている。漆黒の長い髪は、手の動きにつれて規則正しく揺れる肩を覆い隠している。

もう一方の手、左手に、女は黒い数珠《じゅず》を持っている。数珠をたぐる。静かに。肩の動きに合わせて。というよりは、男の呼吸に合わせて。丈の長い紫の服に身を包んでいる。袖口と裾には、麦の穂と花の目立たない柄。

女のすぐ側《そば》に、表紙が開かれ、ビロードのクッションの上に置かれた本、コーランがある。


小さな女の子が泣いている。この部屋にはいない。隣の部屋にいるのかもしれない。または廊下に。

女の頭が動く。物憂《ものう》げに。ひざから頭を離す。

女は美しい。左目尻に小さな傷跡があって、まぶたの端を軽く引っ張っている。

そのせいで、まなざしに奇妙に不安な感じが見える。ぽってりとした唇は、しかし乾いていて血の気がなく、小声でゆっくり同じ祈りの言葉をつぶやいている。

二人目の女の子が泣く。先ほどの子よりももっと近くにいるようだ。おそらく、ドアの後ろだろう。

女は男の胸から手を離す。立ち上がり部屋を離れる。女がいなくなっても部屋は何も変わらない。男は相変わらず動かない。静かに、ゆっくり、呼吸を続けている。

女の足音で子どもたちは泣きやむ。女は長い間子どもたちの側にいてやる。家が、世界が眠りの中で影に変わってしまうまで。それから女は戻ってくる。片手には白い容器を持ち、もう片方には黒い数珠を手にしている。女は男の隣に座り、容器のふたを取り、身体を傾けて目薬を右目に二滴、左目に二滴、注《さ》す。数珠は手放さずに。ずっと数珠をたぐりながら。

陽の光は、カーテンの黄色と青の空の穴から差し込み、指の間の数珠玉が動くのに合わせて揺れている女の背中と肩に優しく触れる。

遠く、町のどこかで大きな爆発音。その威力は強烈で、何軒かの家、いくつかの夢を壊したにちがいない。反撃。応酬は正午の重たい沈黙を引き裂き、窓ガラスを揺らすが、子どもたちの目は覚めない。その音に、女の肩は一瞬動きを止める――ただ数珠二つがたぐられる間。女は目薬をポケットにしまう。女はつぶやく「アル・カッハール」。繰り返す「アル・カッハール」。男が息をするたびに女は繰り返す。そして繰り返すたびに数珠玉が一つ、指の間から滑り出る。

数珠が一周する。九十九の数珠玉。九十九回、「アル・カッハール」という祈りの言葉。

それから女はいつもの場所に座る。マットレスの上、男の枕元に。そして右手を再び男の胸にのせる。数珠をもう一周。

再び九十九回目の「アル・カッハール」まで唱え終えると、女の手は男の胸を離れ、首の方にうつる。指は男の濃い髭の間に隠れ、一、二度息をする間そこにとどまっている。指は髭からはずれると唇をなぞり、ついで鼻、目、額をなで、最後に、油っぽい髪の間に再び姿を消す。「指で触ってるの、感じる?」身体を折り曲げ、男の方に顔を近づけて、女は男をじっと見る。何の反応もない。男の唇に耳を寄せる。声はない。男は普段のように険しい表情を崩さない。半開きの唇、暗い天井に向かって何も見ていない目。

女は再び男に覆いかぶさるようにしてささやく。「おねがいだから、私が手で触ってるのを感じてる、っていう徴《しるし》を見せて。生きていて、また私のところ、私たちの元に戻って来てるんだって知らせてちょうだい。ちょっと合図をしてくれさえすれば、私もまた元気を取り戻せるし、神を信じられるようになるから」女の唇は震えている。「一言でいいから……」その唇は応《こた》えを求め、男の耳にわずかに触れる。「せめて私の声が聞こえているのだといいのだけれど」そして頭を枕の上に置く。

「二週間もしたらまた動けるようになって、反応もしてくれるって聞かされてたのに……。もう三週間目、ほぼ三週間たってるのに、何も変わらないなんて」女は身体をねじって仰向《あおむ》けになる。男が虚《うつ》ろに見ているのと同じあたり、黒ずんで朽ちかけた梁と梁の間を女の視線もさまよう。

「アル・カッハール、アル・カッハール、アル・カッハール……」

女はゆっくりと身を起こす。男をやるせない目つきで見つめる。そして再び手を胸の上におく。「息をすることが出来るのなら、息を一瞬止めることもできるはずでしょう。止めてみて」髪をうなじの方になでつけながら、女はあきらめずに言う。「一度だけでいいから、止めてみて、ねえ」再び耳を男の口に近づける。女は聞く。そして聞こえる。男が息をしているのが。

どうしたらいいか分からなくなって、女は声に出す、「もうこれ以上は無理」力を落とし、ため息をつくと、女はすばやく身を起こし、より大きな声で繰り返す。「もう、これ以上は無理よ」すっかりうちひしがれて。「朝から晩まで神の名を唱え続けるなんて、やってられないわ」女は写真の方に何歩か歩み寄るが、写真を見ているわけではない。「もう十六日になる……」それからちょっとためらい、「ちがうわ。でも」そして自信なさげに指を折って数える。

途方に暮れて女は向きを変えると、またいつもの位置に戻り、開いたままのコーランのページに目を向ける。そして確かめる。「十六日目なんだから、今日は神の十六番目の異名を唱えなければならないんだ。アル・カッハール、世を統《す》べる者。それでいいんだ、十六番目の名前……」何かを考えているように。「もう十六日目」女は身体を引く。「この十六日間、私はあなたの呼吸に合わせて生きてきたんだわ」挑戦的に、「十六日間、あなたと一緒に息をしてきた」女は男を見据える。「それで、私もあなたと同じ息の仕方をするようになってしまった。見てよ」女は深く息を吸うと、苦しげに息をはく。男の呼吸に合わせて。「手をあなたの胸に置かなくても、もう同じように息ができるのよ」女は男の方に身をかがめる。「それにもう、あなたの隣にいないときでも、あなたと同じように息をしてる」男から離れる。「聞こえてる？」叫ぶように「アル・カッハール」そしてまた数珠をたぐりはじめる。同じリズムで。女は部屋を離れる。廊下で、他の場所で、女の唱える声が聞こえる。「アル・カッハール、アル・カッハール……」

「アル・カッハール……」声は遠ざかる。

「アル・カッハール……」弱くなる。

「アル……」ほとんど聞こえなくなる。

消える。

沈黙が流れる。それから「アル・カッハール」、声が窓を震わせ、廊下に響き、ドアの向こう側に戻ってくる。女は部屋に入って来て、男の側に立ち止まる。左手はずっと数珠をたぐっている。「私が部屋を離れていた間、三十三回息をしていた、って数えられるくらいよ」女はかがみ込む。「それで、今この瞬間、あなたに話しかけてるときだって、何回息をしたか数えられる」女は男の虚ろな視線の先に数珠を掲げる。「ほら、私が部屋に

郵 便 は が き

おそれいりますが切手をおはりください。

101-0052

東京都千代田区神田小川町3-24

白 水 社 行

購読申込書

■ご注文の書籍はご指定の書店にお届けします．なお，直送をご希望の場合は冊数に関係なく送料300円をご負担願います．

書 名	本体価格	部 数

★価格は税抜きです

(ふりがな)

お 名 前 (Tel.)

ご 住 所 (〒)

ご指定書店名（必ずご記入ください） Tel.	取次	（この欄は小社で記入いたします）

『エクス・リブリス 悲しみを聴く石』について　(9005)

■その他小社出版物についてのご意見・ご感想もお書きください。

■あなたのコメントを広告やホームページ等で紹介してもよろしいですか？

1. はい（お名前は掲載しません。紹介させていただいた方には粗品を進呈します）　2. いいえ

ご住所	〒　　　電話（　　　）		
(ふりがな) お名前	（　　歳） 1. 男　2. 女		
ご職業または学校名		お求めの書店名	

■この本を何でお知りになりましたか？

1. 新聞広告（朝日・毎日・読売・日経・他〈　　　〉）
2. 雑誌広告（雑誌名　　　）
3. 書評（新聞または雑誌名　　　）　4. 出版ダイジェストを見て
5. 店頭で見て　6. 白水社のホームページを見て　7. その他（　　　）

■お買い求めの動機は？

1. 著者・翻訳者に関心があるので　2. タイトルに引かれて　3. 帯の文章を読んで
4. 広告を見て　5. 装丁が良かったので　6. その他（　　　）

■出版案内ご入用の方はご希望のものに印をおつけください。

1. 白水社ブックカタログ　2. 新書カタログ　3. 辞典・語学書カタログ
4. 出版ダイジェスト《白水社の本棚》（新刊案内・隔月刊）

※ご記入いただいた個人情報は、ご希望のあった目録などの送付、また今後の本作りの参考にさせていただく以外の目的で使用することはありません。なお書店を指定して書籍を注文された場合は、お名前・ご住所・お電話番号をご指定書店に連絡させていただきます。

入ってから、七回息をした」女はキリムの上に座り、話しつづける。「もう、一日を時間や分、秒で区切ったりするのはやめたの……私にとって、一日は、数珠を九十九周させること」女の視線は男の手首の骨を支えている古びた腕時計に釘付けになっている。「たとえば、モッラーが正午の祈りの呼びかけを始めるまで五周分って数えられるくらい。それから、モッラーはハディースを引きながらお説教をする」一瞬間《ま》があく。女は計算する。「数珠を二十周させたときに、水売りが隣の家の扉をたたくでしょ。するとおばあさんが、咳き込みながら扉を開ける。三十周したところで、男の子が自転車に乗って通りすぎる、歌を歌いながら、〈ライリー、ライリー、ライリーちゃん、ちゃん、ちゃん、僕の心はバラバラに、砕け散ってしまったよ……〉隣の家の女の子に聞こえるようにね」女は笑う。悲しげな笑い。「そして七十二周目に来ると、あのうっとうしいモッラーがあなたの様子を見に来て、私を非難するのよ、私があなたの面倒を見ず、お祈りをきちんとするようにという言いつけも守っていない、って言って。そうじゃなかったらもう治ってるはずなのにって」女は男の腕に手を置く。「でもあなたは証人になってくれるでしょう、私があなたのためだけに、あなたのそばで、あなたの呼吸に合わせて生きてるっていうことを」女は愚痴《ぐち》をこぼす。「一日数珠を九十九周、神の九十九の異名のうちの一つを唱えなければならないなんて、言うのは簡単だけど……それを九十九日続けるなんて！　あのモッラーの馬鹿は分かってないのよ、独りっきりでいるのがどんなことかってことは。男のそばに、しかも……」言葉が見つからないのか、口にする勇気がないのか、「独りっきりで、まだ小さい二人の子と一緒にいることがどんなことかって」女は抑えた声で言う。

長い沈黙。数珠が五周はしただろうか。五周させる間、女は壁に背をつけて、目をつぶったままでいる。正午の祈りの呼びかけで、女は我に返る。礼拝用絨毯《じゅうたん》を手に取り、広げて床に敷く。そして祈りを始める。

祈りが終わると、女は絨毯に座ったままで、モッラーがこの曜日の預言者の言行録、ハディースについての説教をするのを聞いている。「今日は血の日である、というのも火曜日にイヴは初めて汚れた血を流し、アダムの息子の一人が兄弟を殺し、ジルジル、ザカリヤとヤフヤそして、ファラオの魔女たち、アースィヤ・ビント・マザーヒム、ファラオの妻、イスラエルの子どもたちの雌牛が殺されたからだ。彼らの上に平安があるように……」

女はゆっくり自分の周りを見回す。部屋を。そして自分の夫を。空っぽの身体を。

女の視線は不安に満ちている。女は腰を上げ、絨毯をたたむと元の位置、部屋の隅に戻し、部屋を出る。

しばらくして、女は戻って来ると点滴液の残りを確かめる。あまり残っていない。女はチューブの連結部をじっと見つめ、一滴ごとの間隔を観察する。間隔は短く、男の呼吸のリズムよりも早い。女は点滴の流れ具合を調節し、二滴落ちるのを待つと、すみやかに身を離す。「薬局に行って点滴液を買って来なきゃ」しかし、ドアを開ける前に、その足取りは重くなり、声は嘆きを帯びる。「薬剤師がちゃんと仕入れてくれていればいいけれど……」そして部屋を出る。女が子どもを起こす声、「さあ来なさい、お外に行くわよ」外に出る音が聞こえる。廊下を、中庭を走る小さな足音も……。

数珠が三周し、二百九十七回息をした後、女と子どもは戻ってくる。

女は隣の部屋に子どもたちを連れて行く。「おかあさん、おなかすいた」と一人は泣く。「どうしてバナナを買ってくれなかったの」ともう一人が文句を言う。女は子どもたちをなぐさめる。「今パンをあげるからね」

カーテンの黄色と青の空の穴から陽の光が消えて行く時、女は部屋の入り口に再び現れる。男を長い間見つめてから近づく。呼吸を確認する。男は息をしている。点滴バッグの中身がなくなっている。「薬局が閉まってたから」と女は言って、あきらめたように、次の指示があるのを待っているが、反応は何もない。呼吸の音の他は。女は部屋から離れ、液体の入ったコップを持って戻ってくる。「この間のようにしなくては、塩と砂糖水で……」

手慣れた素早い動きで、女は男の腕からカテーテルを外す。点滴針を抜く。チューブを掃除し、半開きの口に入れ、食道に達するまで押し込む。それから、コップの中身を点滴バッグの中に入れる。一滴の量を調節し、一滴ごとの間隔をチェックする。一呼吸ごとに、一滴。

そして再び部屋を出る。

点滴液が十数滴落ち、女は戻ってくる。チャードリーを手にして。「叔母に会いに行かなきゃ」そして女は待つ。おそらく、許可が出るのを。女の視線はさまよう。「私、頭がおかしくなっているに違いないわ」女はいらいらと身をひるがえし、部屋から出て行く。ドアの向こうで、廊下で、女の声が、「もうどうでもいい……」遠くなっては戻ってくる、「あなたがあの人をどう思っているかなんて」声が遠ざかる、「……私は、叔母のことが好きだもの」戻ってくる、「私の親戚はもう叔母だけ……姉さんたちは私なんか見捨ててしまったし、あなたの兄弟もそう……」遠ざかる、「……会わなきゃ」戻ってくる、「……わなきゃ」遠ざかる、「叔母にはいらつくんでしょう。……私にもね」女が子どもたちと一緒に出かける音がする。

女と子どもたちは、男が三千九百六十回息をするあいだ留守にしている。三千九百六十回息をする間、女が予告したこと以外は何も起こらない。水売りが隣の家の扉をたたく。乾いた咳をする老女が扉を開ける……。何呼吸かの後、少年が自転車で通りをすぎる、口笛を吹きながら、「ライリー、ライリー、ライリーちゃん、ちゃん、ちゃん、僕の心はバラバラに、砕け散ってしまったよ……」

女と子どもたちは、戻ってくる。女は子どもたちを廊下に残す。ためらわずにドアを開ける。男はいつものようにそこにいる。同じ姿勢で。呼吸の速さは変わらず。女の顔は青白い。男よりもずっと。女は壁に背をもたせかける。長い間黙っていた後で、女はすすり泣く。「叔母はもう、家にいなかったわ。家を出て、どこかに行ってしまった」壁に背をつけたまま、女は床に崩れ落ちる。「出て行ってしまった……どこに？　誰にも分からない。私にはもう誰もいない……誰も！」女の声は震えている。喉《のど》が締めつけられる。涙がこぼれ落ちる。「叔母は知らなかったんだ……私に何が起きたかを。もし知っていれば、何か伝言があって、そう、私を助けに来てくれているはずだわ。あなたのことを嫌っていても、私や子どもたちのことはかわいがってくれるのだから……でもあなたは……」すすり泣きが女の声をうばう。女は壁から離れて、目を閉じ、何か言おうと深く息をする。声にならない。言葉は重みを持ち、その重みのせいで、声を押しつぶしてしまう。だから女はその言葉を自分の中に閉じ込めたまま、もっと軽い、優しい、声にしやすい言葉を探す。「それにあなたは、自分には妻も二人の子どももいるって知ってたはずなのに」女は自分の腹をたたく。一度。二度。腹の中に潜んでいるその重い言葉を追い出すかのように。女はしゃがみこみ、喉を振りしぼって言う。「あなたは、あの忌々《いまいま》しいカラシニコフを肩に担いだとき、ちょっとでも私たちのことを考えてくれたの？　この、ろ、く、……」そしてもう一度言葉を抑え込む。

少しの間、女は放心している。その目は再び閉じられる。首をうなだれ、つらそうにうめく。長い間。女の肩は呼吸に合わせて動いている。七回呼吸をする間。

七回息をすると、女は頭を上げ、麦の穂と花の柄がついた袖で涙を拭く。長い間男を見つめた後、女は近寄り、顔に身体を近づけて「ごめんなさい」と言い、男の腕をさする。「疲れてるのよ。もうぼろぼろなの」女はささやくような声で言う。「一人にしないで、あなたしかいないんだから」声が大きくなる。「あなたなしには、私は何の価値もないの。子どものことも考えてちょうだい。娘たちと一緒に、どうやって生きてったらいいっていうの。まだあんなに幼いのに……」女は男の腕をさするのをやめる。

外では、どこかで、それほど遠くではないところで、銃声。もう一つ、もっと近くで、応戦する音。最初に発砲した者がもう一度撃つ。応える銃声はない。

「モッラーは今日は来ないでしょうね」女はほっとしたように言う。「流れ弾に当たるのが怖いのよ。あなたの兄弟たちと同じくらい臆病」女は立ち上がり、何歩か歩く。「あなたたち男の人はみんな卑怯者よ」女は戻ってくる。暗い目が男に向けられている。「あなたが敵と戦っているのがあんなにご自慢だった、あなたの兄弟たちは、どこに行ったの」二回息をする間、女の怒りに満ちた沈黙。「卑怯者！」女は息を吐き出す。「あなたの兄弟たちは、子どもたちとあなたの面倒を見てくれるはずだったのに。あなたと、彼らの面子《めんつ》にかけても。そうじゃない？　あなたの髪の毛一本のためにさえも自分を犠牲にするってしきりに言っていたお母さんはどこに行ったの？　自分の息子が、あらゆる前線で、あらゆる敵と戦っているこの英雄が、〈おまえのおふくろのあそこにつばを吐いてやる〉ってあなたに言った味方の兵隊と、みっともない喧嘩をして撃たれてしまうなんて、お母さんは認めたくなかったのよね。ただの悪口のせいで」一歩前に進む。「そんなばかばかしい、くだらないことで！」女の視線は部屋をさまよい、重たげに、男の上に落とされる。男は、女の声が、こう続けるのを聞いているのかもしれない。「あなたの家族が、町を逃げ出すときに私になんて言ったか、知ってる？　あなたの妻の面倒も子どもたちの面倒も見ることが出来ないって言ったのよ。あなたに、知って欲しいの。あの人たちはあなたを見捨てたのよ。あなたがどんな状態か、あなたの不幸も、名誉も、知ったこっちゃないんだ。あの人たちは私たちを見捨てたのよ」女は声を上げる。「そう、私たちを、私を！」女は数珠を持った手を掲げて嘆く。「アッラー、お助けください！　アル・カッハール、アル・カッハール……」そして泣く。

数珠が一周する。

疲れ果て、女はつぶやく。「頭が……おかしくなりそう」、頭をのけぞらせ、「この人にこんなことを言うなんて、頭がおかしくなったに違いない。アッラー、私の舌を切ってください。私の口に土を詰め込んでください」顔を手で覆い、「アッラー、お守りください、私は迷っているのです、正しい道をお示しください！」

答える声はない。

どんな道も示されはしない。

女の手は男の髪をまさぐっている。渇いた喉から懇願する言葉が出てくる。「お願いだから、ここに戻ってきて、私が正気を失わないうちに。せめて子どもたちのためにでも、戻ってきて……」女は頭を上げる。涙にぬれた視線は男と同じ、どこでもない方向に向けられている。「神よ、この人が意識を取り戻すようにしてください！」女の声は低くなる。「この人は、長い間あなたのために戦ったんですから。ジハードのために」女は一瞬言葉を止め、また続ける。「それなのに、この人をこんな有様で放っておくんですか。この人の子どもはどうなるんですか。そして、私は？　神よ、私たちを、こんな風に放っておくなんてことはないでしょう、男の人なしに！」女の左手は、数珠を握ったままコーランを引き寄せる。激情が女の喉元で言葉を探している。「神よ、あなたが確かにいるということをお示しください、この人を私たちのもとにお返しください！」女はコーランを開く。その指は見開きに書かれている神の名を追う。「この人を、馬鹿みたいに戦いに送り出したりはもう絶対にしないって誓いますから。神の名のためにであっても。この人はここで、私と一緒に、私のそばにいることでしょう」女は嗚咽《おえつ》し、叫ぼうとしてもこもった声しか出ない。「アル・カッハール」女は再び数珠をたぐり始める。「アル・カッハール……」九十九回の「アル・カッハール」。

部屋は暗くなる。

「母さん、こわいよ。もうまっくら」娘の声が廊下で、ドアの後ろで悲しげに響く。女は立ち上がると部屋を出る。

「怖がらなくても、母さんここにいるでしょ」

「でも、なんで母さんさけんでるの。そんなことしたらこわいよ」、子どもは泣く。「叫んでるんじゃないのよ。お父さんと話してるの」母は落ち着かせようとする。女と子どもはドアから離れる。「どうして父さんのことアル・カッハールと呼ぶの。父さん、おこってるの？」

「いいえ。でもそんな風にじゃまをしたら、お父さん怒るわよ」

子どもは黙る。

夜の闇が濃くなる。

そして、女の予想通り、モッラーはやって来なかった。

女は風除《よ》けつきのランプを持って部屋に戻ってくる。男の頭の近く、床の上にランプを置いて、ポケットから目薬を取り出す。そして注意深く二滴ずつ男の両目に注す。一滴、二滴。一滴、二滴。いったん部屋を出て、プラスチックの小さなたらいとシーツを持って戻る。男の下半身を覆う汚れたシーツをどけて、腹、足、性器を拭く。清拭がすむと、女は男に洗濯済みのシーツをかぶせ、点滴液がしたたり落ちる間隔を確かめ、ランプを持って出ていく。

すべてが暗くなる。長い間。

夜明けに、モッラーのしゃがれ声が信徒に礼拝に来るよう呼びかける。引きずるような足音が家の廊下で聞こえる。部屋に近づき、遠ざかり、また戻ってくる。ドアが開く。女が部屋に入ってくる。男を見る。自分の夫を。男は変わらずそこに、同じ姿勢でいる。しかし男の目には変化があるようだ。女は一歩近寄る。男の目は閉じている。女はもっと男に近づく。一歩。音を立てずに。それから、二歩。女は男を見る。暗くてはっきり見えない。はっきりとは分からない。後ずさりして、女は部屋を出る。五回目の息をしないうちに、風除けつきのランプを手に、部屋に戻る。男は目をつぶったままだ。女は座り込む。「眠ってるの?」女の手は震え、男の胸に置かれる。男は息をしている。「よかった。眠ってるんだわ」女は声に出して言う。その目は部屋にいる誰かにもう一度伝えるかのように動く。「ちゃんと眠っているわ」

誰もいない。女は怖くなる。

女は礼拝用絨毯を手に取り、絨毯を床に広げる。朝の礼拝がすむと、女は座ったままコーランを手に取り、孔雀の羽が挟んであるページを開き、羽の栞《しおり》を外すと右手で本を開いておく。そして左の手で、数珠をたぐる。

いくつかの章を読んでから、女は栞を挟んでコーランを閉じ、コーランからはみ出たその羽をじっと見つめたまま、しばらく物思いにふけっている。女は孔雀の羽をなでる、最初は悲しげに、やがていらいらと。

女は腰を上げ、絨毯を片づけるとドアに近づく。部屋を出ようとして、女はふと立ち止まる。振り返る。そして男の側、いつもの場所に戻る。ためらいながら女は男の目を手で開ける。それからもう片方の目も。女は待つ。目はもう閉じない。女は目薬を取り出し両目に注す。一滴、二滴。一滴、二滴。点滴バッグをチェックする。点滴液はまだある。

再び腰を上げる前に、しばしたたずみ、女は男を不安げに見て、こう言う。「また目を閉じてみて」男は虚ろな目で応えない。女はそれでもなお言う。「できるわよね。閉じてみてったら」女は待つ。空しく。

心配そうに、女は男のうなじに手をゆっくりと滑らせる。何か感じたのか、不安になったのか、手が震えている。女は目を閉じ、歯をかみしめる。深く息を吸う。苦しげに。女は苦しんでいる。息を吐くと、手を引っ込め、ランプの頼りない明かりの下、おぼつかない指の先をじっと見る。指先はかさかさになっている。女は立ち上がると、男の身体を横向きにする。ランプを男のうなじに近づけ、まだ開いたままの、血は流れていないがふさがってもいない青白い小さな傷を確かめる。

女は息を止め、傷の部分を押してみる。男は反応しない。さらに強く押す。うめくことさえない。視線も息も変化しない。「あなた、苦しくないの」女は男を再び仰向けにし、近づいて目をのぞき込む。「あなた、苦しくさえないのね。そもそも苦しんだことなんかないんだわ」女はため息をつく。「首の真後ろに弾が当たっても生きている人間なんて聞いたこともない。血も流さないし、膿《うみ》も出ない、痛さも、苦しみもない。奇跡だってあなたのお母さんは言ってた……そうだとしたら、とんだ迷惑な奇跡ね」女は立ち上がる。「傷を負ってさえ、苦しみからは逃れられているってわけ」女の声は詰まった喉から絞り出される。「それで、ひどい目に遭うのは私。泣くのは私の方！」そう言うと、女はドアの方へ向かう。涙と怒りを目にため、女は廊下の暗がりに消える。風除けつきランプは壁に映った男の影を揺らす。日がすっかり昇るまで、そして、陽の光がカーテンの黄色と青の雲の穴から差し込み、ランプの光をぼやけさせてしまうまで。

ドアを開けようかと迷っている手。もしかしたら、開けられないのかもしれない。「父さん！」子どもの一人の声がドアの軋む音をかき消す。「どこ行くの！」女が声を上げ、子どもはドアを閉め、離れる。「いい子だから、お父さんのじゃまをしないでちょうだい。お父さんは病気なの。寝てるのよ。こっちに来なさい」廊下を走る小さい足音。「でも、母さんが部屋に行ったり、さけんだりするのは、父さんのじゃまじゃないの」子どもが聞く。母親は答える。「いいえ、じゃまよ」静寂。

静かな部屋の空気に、蠅《はえ》が入り込む。そして男の額に止まる。方向を決めかねて、迷っている。蠅は額のしわの間に迷い込み、肌をなめる。多分、味はしない。蠅は男の目尻に向かう。進む先に確信はなく、迷ったまま。蠅は男の白目をなめ、離れる。蠅を追い払うものは何もない。蠅は動きつづけ、髭の間に迷い込んだり、鼻の上に登ったりする。それから飛び上がる。身体の上を旋回する。戻ってきて、また顔に着地する。半開きの口の中に差し込まれているチューブにつかまり、それをなめ、そこから口の端まで近づく。よだれは出ていない。味はない。蠅は進み、口の中に入る。口の中に消えてしまう。

風除けつきのランプが、その末期の息を吐く。炎が消える。女が入ってくる。女の身体全体、女の存在そのものをけだるさが覆っている。重い足取りで何歩か男に近づくと、女は立ち止まる。昨晩よりさらにためらいながら。視線は、力無く横たわる男の方に投げやりに向けられる。女は男とコーランの間の床に座り、コーランの見返しのページを開く。神の名をひとつずつ数えながら指でたどっていく。数えている。十七番目の名の上で止まる。「アル・ワッハーブ、与える者」女はつぶやく。苦笑いが口の端に浮かぶ。「贈り物なんて、いらないのに」そしてコーランからはみ出ている孔雀の羽を抜き取る。「神の名を唱える気力なんてもうないのに……」女は羽で自分の唇をなでる。「神よ讃えられよ……神はあなたをお助け下さるでしょう。私がいなくても。私が祈らなくても。そのくらい、して下さってもいいはず」

扉をたたく音がして、女は黙る。「きっとモッラーだわ」扉を開けに行く気は全くない。また誰かが扉をたたく。女は迷う。また、たたく。女は部屋を出る。足音が通りまで響く。女は誰かと話しているようだ。話し声は中庭、窓の後ろに消えていく。

手がおそるおそる部屋のドアをたたく。娘のうちの一人が入ってくる。くしゃくしゃの髪の下に優しげな顔が隠れている。やせている。小さな二つの目が男に注がれる。「父さん」と少女は声を出す。そして、こわごわと近づく。「父さん、寝てるの？　口に何入れてるの」点滴のチューブを指さしながら。父親の近くで立ち止まり、頬を手でさわってもいいか迷う。大声で「ねてなんかいないじゃない」。「どうして母さんはいつも、父さんがねてるなんて言うの？　母さんは、父さんがびょうきだって言うの。へやに入って、父さんとお話ししちゃいけないって……母さんは父さんにいつも話しかけてるのに」父親の側に座ろうとするが、彼女の妹が、ドアの隙間から入ってこられないで泣いているのに気づいて、振り返る。「だまりなさい！」娘は母親の口調をまねて呼びかけ、妹の方に走り寄る。「こっちにおいでよ」、妹の手を取って父親のそばに連れて行く。いぶかしげな視線を少しの間向けてから、妹は父親の胸の上に乗ると髭を両手でいろいろな方向に引っ張る。姉は元気のよい声を上げる「父さん、何か言って」、そして父親の唇に近づき、チューブに触れる。「これ抜いて、お話ししようよ」姉は、父親に言葉をかけてもらえるようにチューブを抜く。返事はない。息の音しかしない。ゆっくりとした、深い息。姉は父親の半開きの口をのぞき込む。気になって、小さい手を突っ込み、蝿を取り出す。「蝿だ！」と声に出し、顔をそむけて床に蝿を捨てる。妹は笑い、父親の胸に赤くひびわれた頬を押しつける。

母親が戻ってくる。うろたえた叫び。「いったい、何してるの」娘たちに駆け寄り、「さあ、この部屋から出て、こっちへ来るのよ」強く腕を引っ張る。「ねえ、蝿！　父さん蝿食べてるんだよ！」彼女たちはほぼ同時に声を張り上げる。「黙りなさい！」女は命じる。母親と娘たちは部屋を出る。

蝿は唾液にまみれ、キリムの上でもがいている。

女が部屋に戻ってくる。男の口にチューブを入れ直しながら、不思議そうに男を見る。「蝿を食べる、なんて」何も見あたらないので、女はチューブを元の位置に戻しおえて部屋を出る。

しばらくすると、女は戻ってきて、点滴バッグに点滴液を注ぎ足し、男の目に目薬を注す。

それがすむと、もう女は男のそばに残らない。

右手を男の胸に乗せない。

呼吸に合わせて数珠をたぐらない。

女は、行ってしまう。

女が戻ってきたのは正午、礼拝の呼びかけの時間。でも、女は、小さな絨毯を床に広げて礼拝をしようとはしない。ただ、男の目に目薬を注すために戻ってきただけだ。一滴、二滴。一滴、二滴。そして立ち去る。

礼拝の呼びかけの後、この地区の信者を今日水曜日も保護してくれるように、と神にこいねがうモッラーのしわがれた声が聞こえる。「というのも、預言者がこうおっしゃったように、〈不幸に満ちた日であり、この日ファラオとその民が溺れたのであり、預言者サーリフ、アード、サムードの民が灰燼に帰したからである……〉」モッラーは一瞬だけ沈黙し、すぐに、かしこまった声で、早口で続ける。

「信者たちよ、私が日頃から話しているように、水曜日は、我々預言者のハディースによれば、もっとも高貴な日であり、この日は血を流すことも流させることもふさわしくない。しかしながら、イブン・ユーヌスの記録したハディースには、ジハードの際には例外が許されることになっている。今日、あなた方の導き手である、偉大なる指導者があなた方に武器を手渡されているのです。信者たちよ、今や、あなた方は、名誉と血、あなた方の部族のために立ち上がるのです」

路上では、男たちが声を限りと叫んでいる。「アッラーフ・アクバル」男たちは走っている。「アッラーフ・アクバル！」彼らの声は遠ざかり「アッラーフ……」、モスクの方に向かう。

キリムの上、蠅の死骸の周りで数匹の蟻がうごめく。蠅はどこかへ運ばれていく。

女は部屋に入って来て心配そうに男を見る。戦いに駆り立てる説教が男を再び立ち上がらせると思ったのだろうか。

女はドアの側にいる。指で自分の唇に触る。それから、なかなか出てこない言葉を無理に引き出そうとしてか、その指をさらに歯でかむ。女は部屋を出る。昼食を準備している音、子供たちに話しかけてやる声が聞こえる。

それから、午睡《ごすい》。

影。

沈黙。

女は部屋に戻ってくる。さっきほどは心配そうではない。男の側に座る。「さっき来たのはモッラーだったの。あなたのために祈りに来たのよ。私は、昨日から生理のせいでイヴのように穢《けが》れている、と打ち明けた。それが気に入らなかったみたい。どうしてだか分からないけれど。自分をイヴに譬《たと》えたから？　それとも、生理のことを話したのがいけなかったのかしら。髭の奥でなにかぶつぶつ言いながら行ってしまった。これまでは、あんなじゃなかったのに、冗談を言い合えたのに。でも、あなたたちがこの国に新しい法を公布してから、あの人もまた変わった。きっと、おびえているのよ、かわいそうに」

女の視線はコーランの上に落ちる。突然、女は飛び上がる。「ちょっと待って、羽はどこ」女は孔雀の羽をページの間に探す。見つからない。枕の下にも、見つからない。ポケットの中に、見つけ出す。「ああ、びっくりした」女は元の場所に戻る。「あのモッラーのせいですっかり調子が狂っちゃったわ」コーランに羽をはさむ。「何の話をしてたんだっけ……そうそう、生理の話だった。もちろん、嘘ついたのよ」そして鋭い目つきを、満足そう、というより、意地悪な目つきを、男に向ける。「あなたについた嘘みたいにね……何回も」女はひざを抱えてあごをひざに乗せる。「一つ言わなきゃいけないことがあるんだけど……」男を長い間見つめる。目には相変わらず、あの妙に不安な様子が浮かんでいる。「知ってるかしら……」声がかすれる。女はつばを飲み込んで喉を湿らせ、顔を上げる。「私たちの初夜の日……しかも結婚して三年経ってやっとおとずれたあの日、私、生理だったの」女の視線は男を避け、シーツのしわの間に逃げ込む。女は左の頰を自分のひざにのせる。傷跡のある目からは不安が消えている。「あなたには何も言わなかった。それで、あなたは……血が処女の証拠だと思ったのよね」押し殺した笑いが、小さくうずくまった身体を揺らす。「血を見た時、あなたはうれしそうで、誇らしそうだった」しばらくの沈黙。女は男を見る。怒りの声、罵声を浴びせられるのではないかとおそれて。何も起こらない。そこで、気を落ち着けて、ゆったりと、女は思い出のもっとも詳細な部分まで自由に話しつづける。「本当なら、あそこで生理が来るはずじゃなかったの。あの時期じゃなかったのに一週間早まったのは、きっとあなたに会う不安と恐れのせいね。だいたい、考えても見て、ずっと留守にしている夫と一年間婚約、そして三年間結婚しているなんて、簡単なことじゃないわ。あなたの名前と暮らしていたようなものよ。それまで私はあなたを見たことも、声を聞いたことも、身体に触ったこともなかった。私は怖かった、すべてが、あなたが、初夜の床《とこ》が、血が。でも、同時に、私はその恐れを求めていたの。あなただってそういう恐れを知っているでしょう、怖いからといって欲望がなくなるわけじゃない、反対に、かえって興奮し、翼が生えて飛べるような感じがする、たとえそのせいで燃え尽きてしまうとしても。そんな恐れを私は抱いていた。次第にその恐れは私の中で大きな固まりになって、私のおなかを、はらわたをいっぱいにしていった……あなたがやってくる前の日、その恐れは空っぽになっていた。それは青ざめた恐れじゃなかった。反対に、それは赤い、血で赤くなった恐れだった。叔母にそのことを話したとき、叔母はあなたには何も言わないほうがいいって……だから私は黙っていた。私にとっても、その方がよかった。私は処女だったけれど、本当に怖かったの。もしもその日、血を流さなかったらどうなってしまうかって……」女の手は蠅を追い払うように動いている。「さぞやひどいことになったでしょうね。その手の話ならいくらでも聞いていたから、目に見えるように、想像することが出来た」冷やかすような調子で、「汚れた血を処女の血と思い込ませるなんて、すごくいい考えだと思わない？」女は横たわり、男に身体を寄せる。「どうして、あなたたち男は、そこまで血を誇りと結びつけるのか分からないわ」女は手を宙に伸ばしたままだ。その指が動いている。見えない誰かを呼ぶために合図をしているようだ。「覚えてるかしら。ある晩、一緒に暮らし始めたばかりの頃、あなたは遅く帰ってきた。死ぬほど酔っぱらって。何か吸ってたのね。私は眠っていた。何も言わず、あなたは私の下着を脱がせた。私は目を覚ました。でもぐっすり眠っているふりをしていた。あなたは……私の中に入ってきて……一人で快楽の極みに達して……でも、身体を離そうと腰を上げたとき、あそこに血がついていたのを見て、怒り狂って私のところに戻ってきた。そして、真夜中なのに私をさんざん殴りつけた、そのとき生理だったことをあなたに言わなかったからというだけで。私はあなたを汚した、というわけ!」女はからかうように笑う。「私はあなたを汚してやったんだわ」女は宙にあげた手で記憶を捕まえようとし、それから手を下ろして、男の呼吸よりも速くふくらんだりへこんだりしている自分の腹をなでる。

素早い動きで、女は手を下の方、ワンピースの下、脚の間にやる。目を閉じる。深く、つらそうに呼吸をする。女は指を股間に深く乱暴に差し込む、まるで凶器を深く刺すかのように。呼吸を抑え、こもった叫びをもらして女は手を戻す。目を開け、爪の先を見る。ぬれている。血でぬれている。鮮血の赤。女はその手を男の表情のない顔の手前に持って行く。「見て。これだって私の血よ。汚いことないわ。生理の血ときれいな血と、どこが違うって言うの。この血のどこが汚らわしいって言うの」女の手は男の鼻先に持っていかれる。「あなただってこの血から生まれたのよ。あなた自身の血よりきれいなくらい」その指で荒々しく男の髭をつかむ。唇に触れ、男の吐息を感じる。不安に身震いをする。腕が引きつる。一回だけ。女は手を引っ込め、こぶしを固く握り、口を枕に押しつけて小さな叫びをもらす。一回だけ。長い叫び。心を裂くような。そして動かずにいる。長い間。とても長い間。水売りが隣人の家の扉をたたき、隣の老婆のこもった咳が壁越しに聞こえ、娘の一人が廊下で泣くまで。女は立ち上がり、男を見る勇気のないまま、部屋を離れる。

後で、ずっと後になって、二つの窓を隔てている壁の下まで蟻が蠅の死体を運んだ頃、女は洗濯済みのシーツとプラスチックのたらいを持って戻ってくる。男の下半身を覆っているシーツをはがし、腹、足、性器を洗い……またシーツを掛ける。「死体よりおぞましいわ、何の匂いもしないなんて」そして部屋を出る。

また夜が訪れる。

部屋は全くの暗闇になる。

突然、目がつぶれるような閃光、爆発。そして轟音、地響き。突風が窓ガラスを割る。

甲高い悲鳴。

二回目の爆発。今度はもっと近い。だからもっと激しい。

子どもたちが泣く。

女は叫ぶ。

彼らの怯えた足音が廊下に響き地下に消える。


外では、それほど遠くないところで、何かが燃えているようだ、おそらく隣家の庭木だろう。炎の光が中庭と部屋のほの暗さを切り裂く。

外では、悲鳴を上げる者、泣いている者、カラシニコフで撃っている者、どこからか、誰にむけてかは分からないが……彼らは引き金を引きしぼり、撃っている……。


やっとすべてが終わり、夜明けのぼんやりとした、灰色の薄明かりが訪れる。

ぶあつい静寂が、煙のたちこめた通りを、もはや枯れ果てた空間でしかない中庭を、煤《すす》に覆われ、いつものように横たわっている男の部屋を襲う。男は動かない。何も感じない。

ゆっくりと、息をするだけで。

おそるおそるどこかの扉をきしませて開ける音がし、慎重な足取りが廊下を進む、死んだような静寂は破られない、むしろいっそう静寂は深まる。

足音はドアの向こうで止まる。長い間がありーー男が四回息をする間だーーそしてドアが開く。女だ。女は部屋に入る。視線はすぐに男には向かわず、まず部屋の状態を確かめる。窓ガラスの破片。カーテンの渡り鳥の柄の上、キリムの色あせた縞柄やコーランの開かれたページの上に、点滴バッグの上に煤が積もっている。バッグの点滴液はもうない……それから、煤は男の死体さながらの足を覆っているシーツの上に薄く積もり、髭にかぶさり、目にまで入り込んでいる。

女は男におそるおそる近づく。立ち止まる。胸の動きをじっと見る。男はまだ息をしている。女はさらに進み、目をもっとよく見るために近づく。男の目は開かれたままで、黒い灰燼で覆われている。女は服の裾で目を拭き、目薬を注す。一滴、二滴。一滴、二滴。

女は男の顔を注意深くこすって煤を拭い、それから、じっとしている。不安がのしかかり、女は、いつものように、男の呼吸に合わせて息をする。

隣の老婆のこもった咳が灰色の夜明けの静寂に響きわたり、女はカーテンの黄色と青の空の方に目を向ける。立ち上がり、靴底で窓ガラスの破片を踏み割りながら窓の所に行く。カーテンの穴を通して、女は隣家の女をさがす。まるで胸を突き刺されたように尖った悲鳴を上げて、女はドアに駆け寄り、廊下に出る。だが耳を聾《ろう》する戦車の轟音に動きを止める。どうしたらよいか分からず、女は部屋に戻る。「扉が……玄関の扉が壊れてる。隣の家の壁が、もう」女のおびえた声は戦車の轟音にかき消される。女の目は再び部屋を見回し、窓のところでぴたりと止まる。女は近づき、カーテンを半分開け、うめく。「いったいどうして！　こんなことって……」

戦車の音は遠ざかり、老婆の咳の音が戻ってくる。

女は散らばった窓ガラスの破片の上にしゃがみ込んでしまう。目を閉じ、抑えた声で、女は嘆く。「情け深い神よ、私は……」銃撃の音。女は黙る。さらなる銃撃音。それから外で男の叫ぶ声。「アッラーフ・アクバル！」戦車砲の発射音。爆発音が家を、女を揺さぶる。女はうつぶせになり、這《は》ってドアの方へ進み、廊下に出ると地下への階段を転げるように駆け下り、びくついている娘たちの元へ走る。

男は相変わらず動かない。何にも反応しない。

銃撃がやんで――おそらく弾薬が尽きたのだろう――戦車ももういない。ぶ厚い、煙に覆われた静寂が戻ってきて、長い間そこにとどまる。

この何も動くもののない、埃まみれの空間で、二つの窓を隔てる壁の隅で、一匹の蜘蛛《くも》が、蟻が放り出した蝿の死体の周りを回っている。獲物を確認している。蜘蛛もまた蝿を見捨て、部屋を一周すると窓際に戻り、カーテンにぶら下がり、よじ登って黄色と青の空に止まった渡り鳥のあたりをさまよう。ついで、蜘蛛はその空を離れると、腐りかけた梁伝いに姿を消す。おそらく天井に巣を張るのだろう。

女が再び現れる。また、プラスチックのたらいと、タオル、シーツを持って。女はすべてをきれいに拭い取る。窓ガラスの破片を、部屋に広がった煤を。そして立ち去る。戻ってくる。点滴バッグに点滴液を注ぎ足し、男の側、いつもの場所に座って、目薬の残りを注す。一滴。女は待つ。二滴。そこで止める。目薬はもうない。女は部屋を出る。

天井にまた蜘蛛が見えている。蜘蛛はその絹のような糸の先にぶら下がり、ゆっくり降りてくる。男の胸に降りる。しばらくとまどってから、蜘蛛はシーツのひだをたどり、男の髭までたどり着く。何かに気づいたように、そこから蜘蛛は引き返し、シーツのひだの間に隠れる。

女が戻ってくる。「まだ反撃があるそうよ」と女は伝え、てきぱきした態度で男の方に近づく。「あなたを地下室に連れて行かなくっちゃ」女は男の口からチューブを抜き取ると、手を男の脇の下にはさみ、持ち上げる。骸骨のような身体を引っ張る。やめる。「もう力が出ないわ……」途方にくれる。「だめ、階段を降ろせっこない」

女は男をマットレスの上に戻す。チューブを再び差し込む。そして、しばらく、動かずにいる。息切れし、いらだって、女は男を頭からつま先まで眺め、ついにこう言う。「流れ弾に当たって死んでくれた方がよかったのに」やにわに立ち上がるとカーテンを閉め、荒々しい足取りで部屋を去る。

午後のしじまを破る隣の老婆の咳の発作が聞こえる。胸を引き裂いているような音だ。壊れた壁の上を歩いているのだろう。老婆の緩慢で不確かな足取りは庭を一周し、家に近づく。その影がカーテンの渡り鳥の上に散らばって映る。老婆は咳をし、聞き取れない誰かの名前をつぶやく。咳をする。待つ。何も変わらない。老婆は動き、そこから離れ、誰かの名前をまたつぶやき、咳き込む。どんな返事もない。老婆は呼ぶ、老婆は咳き込む。もう待っていない。何かをつぶやいてもいない。何かの歌を口ずさんでいる。それとも誰かの名前だろうか。そして立ち去る。遠くに。そして戻ってくる。通りは騒がしいが、老婆が歌っている声はまだ聞こえる。長靴の足音。武器を構えた者の足音。長靴は走っている。どこかに隠れるためだろうか、足音は散らばる、壁の後ろに、瓦礫の合間に。そして夜を待つ。

今日、水売りはやって来ない。「ライリー、ライリー、ライリーちゃん、ちゃん、ちゃん、僕の心はバラバラに、砕け散ってしまったよ……」と口笛を吹きながら自転車に乗る少年は現れない。

誰もが家に閉じこもっている。黙って。待っている。

そして町に夜が訪れ、町は恐怖に凍りつく。

しかし、銃を撃つ者はいない。

女が部屋に入り、点滴バッグの残りを確かめる。部屋を出る。何も言わずに。

老婆は相変わらず咳をし、まだ何かを口ずさんでいる。遠くではないが、近くにいるわけでもない。きっと、かつては二軒の家を隔てていた壁の残骸のところにいるにちがいない。

隣家の老婆の歌うような嘆きにかぶさって、眠りが、重く家にのしかかる。あらゆる家々、あらゆる通りに。長靴の足音を再び耳にするまで。老婆は歌うのを止めるが、咳は止まらない。「戻ってきた！」夜の黒い固まりの中で老婆の声が震える。

長靴は、やって来た。近づく。老婆を追いはらい、家の中庭に入り込み、さらに進む。窓の前まで。ひび割れた窓ガラス越しに、銃身が渡り鳥の柄のカーテンを脇に寄せる。銃の握りが窓を壊す。三人の男が叫びながら家の中に侵入する。「動くな！」何も動かない。一人が松明《たいまつ》をつけ、動かず無反応の男に突きつけ、どやす。「そこにじっとしていろ、さもないと命はないぞ」胸の上に長靴をのせる。三人とも頭と顔を黒いターバンで覆っている。三人は男を取り囲む。男は相変わらずゆっくり、静かに呼吸をしている。一人が男の上に屈み込む、「こいつ、チューブを入れてやがる」、チューブを引き抜き、「おまえの武器はどこだ」とどなる。横たわった男の視線には表情がなく、天井の闇の中に消えている。天井では蜘蛛がもう巣を張り終わったかもしれない。「おまえに話してるんだよ」松明を手にした男ががなる。「こいつ、もう終わってる」と二番目の男が判断し、しゃがんで男の腕時計を外し、金の結婚指輪を抜き取る。三人目は部屋の隅々まで何かないか探しまわる。マットレスの下、枕の下、緑色で無地のカーテンの後ろ、キリムの下……「何にもない」と一人が不平を言う。「他の部屋も見に行こう」ともう一人が命じる。松明を手にし、男の胸に長靴をのせた男だ。他の二人はそれに従う。彼らは廊下に消える。

残った一人はシーツを銃身で持ち上げて、男の身体を見る。弛緩しきって、何も話さない状態に動揺し、男の胸に長靴のかかとを押しつける。「何をそんなに見てんだよ」うめき声が聞こえるかと待つ。何も起こらない。嘆く声もない。狼狽し、彼はもう一度試してみる。「俺の声が聞こえるか」そして生気のない顔をじっくりと見る。いらだって、どなる。「舌でも切られたのか？」声を低くして、「それとも、もう死んでんのか？」しまいに、彼は黙る。

逆上して、深く息を吸い込むと、彼は男の肩を鷲づかみにし、引き起こす。青白く険しい男の顔に彼はおびえる。彼は男から手を離し後ずさりして、ドアのところで立ち止まる。まごついている。「おい、みんなどこにいるんだ」低くうなる。顔を覆ったターバンのせいで声がこもる。彼は夜の闇に包まれている廊下の奥を急いで見て、わめく。「おまえたち、そこにいるのか？」彼の声は空虚の中に響く。彼の呼吸もまた長く深くなる。彼は男のところに戻ってもう一度その顔をじっくり見る。男には何か、彼の好奇心をかき立て、また、不安に陥れるものがある。松明は男の力の抜けた身体の上を照らし、最後に男の開いたままの目を照らし出す。彼は、長靴のつま先で男の肩を軽く蹴る。やはりどんな反応もない、何も。彼は自分の武器を男の目に見える位置に構え、銃身を男の額にのせ、押しつける。何も起こらない。相変わらず何も。彼は呼吸を整えて再び部屋の入り口に戻る。そして、仲間が他の部屋でふざけあっているのを聞く。「あいつら、なにやってんだ」二人の仲間は笑いながら戻ってくる。

「何が見つかったか」

「見ろよ！」

一人がブラジャーを見せる。

「ここの家、女がいるぜ」

「そんなこと分かってる」

「なんで分かるんだ」

「おまえ馬鹿か、さっきこいつの結婚指輪を外したろうが」

もう一人がブラジャーを床に放り、相棒とふざけあう。

「ちっこいおっぱいだぞ、きっと！」

しかし松明を持った男は何か考えている。男の方に近づきながら、「こいつのこと、知ってるような気がする」とつぶやく。他の二人も続く。

「誰だ？」

「名前は知らないんだが」

「味方か」

「多分」

彼らは黒いターバンの端で顔を隠したまま立っている。

「何か話したのか」

「いや。何も話さない。動きもしないんだ」

一人が足で男を蹴る。

「おい、起きろ！」

「やめろ、こいつがもう目を開いているのが見えないのか」

「おまえが殺《や》ったのか」

松明を持った男は首を振り、尋ねる。

「それで、女はどこだ」

「家には誰もいない」

再びの静寂。すべてが男の呼吸にリズムを合わせているような。ゆっくりとした、重たい静寂。一人がそれに耐えきれず、こう切り出す。

「で、どうするよ。ずらかるか」返事はない。

彼らは動かない。

こもった咳に時折さえぎられながら、老婆の歌が再び響く。「あ、気狂い女が戻って来た」と一人が言う。もう一人が「多分こいつの親だろう」と推測する。最後の一人は窓から部屋を出て老婆に走り寄る。「おばさん、ここに住んでるのかい?」老婆は口ずさむ
「ここに住んでるよ……」咳をし、「あそこに住んでるよ……」また咳きこみ、「好きなところに住む、娘のところ、王さまのところ、好きなところ……娘のところ、王さまのところ……」そして咳をする。彼は老婆を瓦礫と化した家の跡から追いはらって、戻ってくる。
「あのばばあ、完璧にいかれてる!」
咳の発作は遠ざかり、遠くの音と混ざって聞こえなくなる。

松明の男はコーランが床に置かれているのを見つけ、足早に駆け寄って本を手に取り、ひれ伏し、ターバン越しに祈りながら本に口づけする。「こいつは敬虔な信者だ」と彼は叫ぶ。

彼らは再び、声もなく、それぞれ自分自身の思いにふける。その内の一人、さっきと同じ男が、待ちきれずにこう言うまで。「それで、今からどうする？　やつらがこの地区に侵入してくるらしいぞ。わざわざこの地区を砲撃したのに、何てこった」彼らは立ち上がる。

松明の男は死人のように横たわる男にシーツをまたかけ、口に再びチューブを差し込み、他の二人にも部屋を出るよう促す。

三人は立ち去る。コーランを持って。

また夜明けが来る。

また女の足音。

女は地下からの階段を上り、廊下を通って部屋に入る。ドアが開きっぱなしで、カーテンも開いているのにも驚かず、闖入者《ちんにゅうしゃ》があったことには全く気がついていない。女は男をちらりと見る。男は息をしている。女は部屋を出ると、水をコップに二杯持って戻ってくる。一杯は点滴バッグに入れ、もう一杯で男の目を潤す。それでも、女は何にも気がつかない。おそらく部屋が暗いせいだろう。まだ夜は明けておらず、陽の光はまだ、渡り鳥の柄のカーテンの空に開いた穴から差し込んではいない。その後で、男のシーツと上着を換えに戻ってきた時、女はようやく、男の手首と手に何もないのに気がつく。「あなた、時計は？　指輪はどうしたの」女は自分の手元やポケットを探る。シーツをはがして確かめる。うろたえて部屋の中を何歩か歩く。戻ってくる。「何があったの」不安になり、そしてパニックに陥り、女は自問自答する。「誰かが来たのかしら」そして窓の方へ行く。「そう、誰かが来たんだ」ガラス窓が破られているのに恐れをなして、「でも……何の音もしなかったのに」女は後ずさる。「きっと、私、寝てたんだわ。でも、音が聞こえないほど？」おびえて、女は男にシーツもかけずに廊下の方に走る。戻ってくる。ドアの敷居のところで自分のブラジャーを拾い上げる。「家の中を荒らし回ったんだ。それなのに、地下室には降りなかったなんて」男の脇に座り込み、腕をつかんで叫ぶ。「あなたが……あなたが動いたんでしょう。私を怖がらせようと、私の頭をおかしくしようとして！　あなたなのね！」女は男を激しく揺さぶる。チューブを引き抜く。そして待つ。相変わらず何の兆しも、何の音もない。女はがっくりと肩を落とし、すすり泣きが女の喉を破り、身体を震わす。長く重苦しいため息の後、女は立ち上がり、目を袖の端で拭い、部屋を出る前に、男の口にチューブを再び差し込む。

女が他の部屋を点検している音がする。隣の老婆のこもった咳を聞いて立ち止まり、家に近づく。中庭に駆け出し、老婆を呼ぶ。「おばあちゃん……昨日の晩、誰かが来た?」「来たよ、王が来たんだ……」老婆は咳き込む「私に会いにね……私を優しくなでてくれたよ……」老婆は笑い、また咳をする。「娘や、パンがあるかい? 私は持ってるのをみんな、王さまにやってしまったんだよ……お腹がすいていたんだ。王さまは、ずいぶんと美しかった。そりゃあもう、死ぬほど! 私に、歌を歌ってくれと頼んだんだよ」老婆は歌い出す。「おお、善意に満ちた王よ　私は我が孤独を嘆く　おお、王よ……」
「他の人たちはどこに行ったの。ご主人、息子さんは?」女は心配する。老婆は歌うのを止めて、悲しそうな声で語り続ける。「王は、私の歌を聴いて泣いていたよ。うちの旦那と息子に、私の歌に合わせて踊るように頼みさえしたんだ。ちゃんと踊ったよ。それから、王は死の踊りを踊るように言った。でも、うちの人たちはどんな踊りかさえ知らなかったんだ……」老婆は微笑み、話を続ける。「それで、王さまはその踊りをうちの人たちに教えたんだよ、首を切って、身体に熱い油を注いでね。それで、うちの人たちはやっと踊り始めたのさ」老婆は嘆きの歌を再びつづける。「おお、王よ、あなたがいないのにはもう耐えられないと分かってください　もう戻っていらっしゃる時です」女は老婆の歌をさえぎる。「でも、ということは……あなたのお家は……ご主人と息子さんは、生きてるの？」老婆は子どものようなか細い声で言う。「大丈夫、家にいるよ、旦那も、息子も……」咳き込んで、「自分の頭を手で抱えてね」咳をして、「だって私に腹を立ててるんだから」老婆は咳をし、泣く。「あの人たちはもうあたしに話しかけてくれないんだよ。王さまにパンを全部やってしまったからね。あの人たちに会いたいかい」

「でも……」

「来て、あの人たちと話しておくれよ」

女たちは瓦礫の上を渡って離れて行く。声はもう聞こえない。

突然、女がぞっとして叫ぶ。それは人ではないような声。転げるように敷石の上を走ってくる足音、瓦礫の上を、つまずきながら、庭を横切って家に戻ってくる。女はまだ叫んでいる。女は吐く。泣く。家の中を走る。気が狂ったように。「ここを出たい、叔母のところへ行きたい！　どうしても、行かなくては」錯乱した女の声が廊下に、部屋に、地下室に響く。それから女は子どもたちと一緒に上がってくる。男を見にも行かずに家をうち捨てる。女と子どもたちが家を離れる音、老婆の嘆きの歌に、子どもたちが笑う声が聞こえる。


男の沈黙と無気力の中にすべてが沈み込む。

いつまでも続く。

長い間。

時折、何匹かの蝿の羽音が静寂を震わす。まず蝿は行き場所が決まっているかのようにやって来る。部屋を一周して男の身体の上をはい回る。それから飛び去る。

時として、微風がカーテンを揺らす。あちこち穴が開いている黄色と青の空の上に止まっている渡り鳥と戯れる。

威嚇《いかく》的な羽音を立てるスズメバチも部屋の麻痺した空気を動かすことは出来ない。スズメバチは男の周りをあちこち飛び回り、額の上に止まる。刺したかどうかは分からない。そして天井の、朽ちかけた梁の方に飛び去る。巣を作るためだろう。しかしその夢は蜘蛛の巣に引っかかって消える。

ハチはもがく。そして、何も聞こえなくなる。

もう何も。

そして夜がやって来る。
銃声が響き渡る。
隣の老婆が、墓場の向こうから聞こえてくるような歌声で、咳をしながらやって来る。
そしてすぐに消える。

女は、戻ってこない。

夜明け。
モッラーが礼拝を呼びかける。
武器は眠りにつく。しかし煙と火薬の匂いはいつまでもその吐息を引きずっている。
そして最初の陽の光がカーテンの黄色と青の空の穴から差し込む頃、女が戻ってくる。

一人だけで。女はまっすぐ男のいる部屋に向かう。まずヴェールを取って、しばらく立っている。見るだけですべてを確認する。何もうばい去られたものはない。点滴バッグが空になっているだけだ。

安心して、女は作業を開始する。よろめく足取りで、昨日置き去りにしたそのままに男が半裸で横たわるマットレスのところまでたどり着く。呼吸を数えているかのように男を長い間眺める。座ろうとして、女は突然、引きつった叫び声をあげる。「コーランは?」不安が再び彼女のまなざしを支配する。女は部屋を隅々まで調べる。神の言葉はどこにも残っていない。「数珠は?」数珠はクッションの下に見つかる。「また誰かが来たのかしら」再び疑いが起きる。不安がわき上がる。「昨日、コーランはここにあったはずなのに」確信が持てず、女は床にしゃがみ込む。そして突然、「孔雀の羽は?」女は叫び、気色ばんであちこちを探し回る。「どうしよう、羽がない!」

近所の子どもたちの声が上がる。子どもたちは瓦礫の上ではしゃぎ回っている。

—ハッジ・モッラーエ?

—バーレ?

—だあれが水になる?　だあれが火になる?

女は窓に近づく、カーテンを開けて子どもたちを呼びとめる。「あなたたち、誰かが家に入るのを見た？」全員、同じ声で、大声で答える。「みなかった！」そして遊びを続ける。「ぼく火になる！」

女は部屋を離れ、家中を点検する。うんざりして戻ってくると二つの窓を隔てる壁に背をもたせかける。「誰が来てるの？その人たちは、あなたに何してるの？」動揺を伴った不安が女のまなざしに現れる。「ここにはもういられないわ」そして、誰かに話をさえぎられたかのように急に黙り込む。少しためらった後、話を続ける。「でも、あなたをどうしたらいいんだろう……こんな状態で、どこに連れてけばいいっていうの。思うんだけど……」女の目は空の点滴バッグを凝視する。「水を持って来なきゃ」考える間を作るように言う。女は腰を上げ、コップに水を二杯持ってくる。いつもの作業を済ませてから座る。男を見つめる。考えにふける。考えがまとまったのか、何度か呼吸をした後、勝ち誇ったような声で告げる。「叔母に会えたの。あの人、町の北の方、ここより安全な、自分の従兄弟のところに行ってた」間をおく。相変わらず、返ってこない答えを待っている。「叔母のところに子どもたちを預けてきたわ」また間をおく。それから、うちひしがれた様子で、こうつぶやく。「ここじゃ怖いの」自分の行為を正当化するように。何も反応がなく、女の考えを認めるどんな言葉も返ってこないので、女はうつむきながらこう言う。「あなたが怖いのよ」視線は何かを探して床を動き回る。言葉を。それよりもなお、勇気を。女は見いだし、大急ぎで、断定的にこう言う。「ここではじきに党派同士の撃ち合いが始まるんだって」怒りに震え、こう付け加える。「あなたは知ってたんでしょう、ねえ」そして再び間をおく、一呼吸する間、こう断言する力を蓄える間。「あなたの兄弟たちだって、みんな知ってたんだから。だからみんなここを出て行ったのよ。私たち、捨てられたのよ。あの卑怯者たちは、あなたが生きてるから私を連れて行ってくれなかったんだ。もし……」女はつばを飲み込み、そして怒りも飲み込む。そして、少し落ち着いた調子でつづける。「もし、あなたが死んでいたら、話は違ってたでしょうね……」女は考えるのを中断する。ためらう。大きく息をしてから、決心する。「誰か一人が私を妻にしていたに決まってるわ」心の奥からの嘲笑が声の調子を狂わせる。「あなたが死んでたほうがいいと思ったかもしれない」女は震える。「そうすれば、何の気兼ねもなく、私のことを……抱くことが出来たもの」こう言うと、女は急に立ち上がり、部屋を離れる。廊下では、落ち着かない足音があちらこちらをさまよっている。女は何かを探している。静謐を。平安を。だが女はいっそう衰弱して戻ってくる。女は男に急いで近づくと、先ほどの言葉をさらに続ける。「あなたの兄弟たちは、ずっと私を抱きたがっていたものね。あの人たちは……」遠ざかり、また近づく。「あの人たちは私をずっとのぞいてたのよ……いつも、あなたがいなかった三年間、私が身体を洗っている間、ハンマームの小窓からのぞき見し……自分でいやらしいことをしていた。それに、夜だって」女の唇は震える。手は宙を、髪の間を、服のしわの間をせわしなく動く。足取りはキリムの色あせた縞の間を行ったり来たりする。「あの人たちは自……」その言葉で止まったまま、女は再び怒りに震え部屋を離れ、外気を吸って怒りを静めようとする。「とんでもない、下司《げす》なやつら！」と、女はいらだって言う。それからすぐに、女の泣き、嘆く声。「私ったら、何を言ってるの、どうしてこんなこと言うの？　おお、神よ、お助けください！　私はもう自分を抑えられないんです。めちゃくちゃなことを声に出しているんです……」

女は沈黙の中に閉じこもる。

子どもたちが廃墟で遊んでいる声ももう聞こえない。もう、どこかよそに行ってしまった。

女が再び現れる。髪が乱れている。定まらない目付きで、距離をおいて男の周りを一回りしてから、その枕元に力なく座り込む。「自分に何が起こっているか分からないの。日に日に力が抜けていく。信仰心と同じように。分かるでしょう、そういうことって」女は男をなでる。「あなたが考えることが出来たらいいのに。聞くことが出来、見えるようになれば。私を見て、私の声を聞けるようになれば……」女は壁にもたれ、長い時間をやり過ごす。数珠を十数周させるくらいの時間――まるで男の呼吸にあわせてまだ数珠をたぐっているかのように――、考えている時間、人生に起きたことを細かい部分まで探しに行く時間、記憶を連れ戻して来る時間。「あなたは私の話を聞いてくれたことなんてなかった、私の声に耳を傾けなどしなかった。こういうことを話し合うことなんてまるでなかったのだから。結婚してもう十年になるのに、一緒に暮らしたのは二、三年の間だけ。そうじゃない？」女は数える。「そう、十年半の結婚生活、一緒にいたのは三年。今になってやっとそう数えられた。今になってすべてに気がつくなんて」女はかすかに笑う。後悔や自責の念を言いあらわす千一もの言葉にもまさるような、乾いた苦笑い。しかし、すぐに、女は過去の思い出に引き戻される。「あの頃、私はあなたがいないことをおかしいとも思わなかった。あなたがいないことが当たり前だと信じてたから。あなたは前線にいて、自由の名の下に、アッラーの名の下に戦っていたから。そう言えばすべてが正しいことになった。そのおかげで私は希望も持てたし、自慢でもあった。ある意味では、あなたは私たち一人一人の中にちゃんと存在していたの」女は時間の壁を見透かす目で、再び過去を見る。「あなたのお母さんは、あの巨大な胸を揺すりながら家にやってきて、一番小さい妹をもらいたいと言った。妹が結婚する番ではなく、私の番だった。あなたのお母さんは、お茶を出しに来た私にふくれた人差し指を向けて、ただこう言った。〈そういうことなら仕方がないわね。この子をもらいましょう〉私は気が動転して、ティーポットをひっくり返してしまった……」女は手で顔を覆う。恥ずかしいと思ったのか、そのとき女にひどい態度をとったに違いない義母のイメージを覆い隠そうとしてなのか。「あなたは何も聞かされていなかった。私の父は渡りに船とその申し出をすぐに受け入れた。あなたがいないことなんて、父にとっては全然問題じゃなかったのよ。あなたがどんな男なのか、誰も知らなかった。私たちみんなにとって、あなたはひとつの名前でしかなかった。それは英雄。そして、英雄が例外なくそうであるように、あなたもまたその場所にはいなかった。十七歳の娘にとって、英雄との結婚は美しいことに思えた。私はこう考えたの、神はここにはいらっしゃらない、けれど、私は神を愛しているし、信じているのだからって。それで、婚約者なしの婚約式が行われたというわけ。あなたのお母さんは疑いもせずに、こう言っていた。もう大丈夫、勝利は近いし、そうすれば戦いも終わり、皆は解放され、息子は戻ってくる！　一年経ってから、あなたのお母さんはまた家に来た。勝利はまろ結婚しなければならなかった。式の時、あなたの代わりに私の隣にはあなたの写真と、あのぞっとするような半月刀が置かれていた。私はあなたをそれから三年も待たなければならなかった……三年よ！　そして三年の間、あたしは女友達にも家族にも会うことが出来なかった……若い処女の花嫁が他の結婚した娘とつきあうのは好ましくないんだって。ばかばかしい。あなたのお母さんはあたしと一緒に寝て、私のことを見張っていた。私の純潔を監視していたと言うべきかしら。でも誰もがそういったことすべてをあまりにも当たり前で自然だと思っていた。私自身でさえも。私は孤独という言葉を知らなかった。夜になると、私はあなたのお母さんと寝て、昼間はあなたのお父さんと話をしていた。お父さんがいてくれて、本当に助かった。なんてすばらしい人だったのかしら。私はあなたのお父さんだけを頼りにしていた。それがお母さんには我慢がならなかった。私がお父さんといるところを見るなり、お母さんはかっとして、私を台所に追いやった。あなたのお父さんは私に詩を読んでくれたり、お話をしてくれたりした。私に読むこと、書くこと、考えることを教えてくれた。私をかわいがってくれた。だって、お父さんはあなたのことが好きだったから。お父さんは、自由のために戦っているあなたが自慢だった。あなたのことを私に話してくれた。解放後、お父さんはあなたのことを憎み始めた。あなただけでなく、あなたの兄弟のことも、あなたたちがもはや権力のためにしか戦わなくなってからは」瓦礫の上、再び子どものはしゃぎ声が響く。子どもの歓声は中庭と家中にあふれる。

女は黙る。また同じ遊びを始めた子どもの声を聞いている。

―ハッジ・モッラーエ？

―バーレ？

―だあれが足になる？　だあれが頭になる？

―ぼく足になる！

子どもたちはまた通りに散る。

女は話を続ける。「どうしてお父さんの話をしてたのだっけ」頭を壁にこすりつけ、女は記憶をかき回し、考えあぐねているようだ。「そう、私たち二人のこと、結婚のこと、私の孤独のこと……それを話していたからだわ。三年間待って、あなたは戻ってきた。昨日のことのように思い出す。あなたが戻ってきた日、あなたに最初に会った日……」女の胸から尖った笑いがもれる。「あなたは今日のように、一言も話しかけず、私を見もせず……」女の視線は男の写真へと向かう。「あなたは私の隣に腰掛けた。まるでお互いに知り合いだったみたいに……まるで、少しだけ留守にしていてすぐに戻ってきたみたいに、または、私があなたの勝利のほんのささやかなご褒美でしかないみたいに！　私はあなたを見つめていたけれど、あなたはどこか、別のところを見ていた。それが恥じらいからだったのか、誇りからだったのか、私には今でも分からない。それはいいの、私の方はあなたを見ていたから。あなたをこっそり眺めたり、じっと見つめたり。あなたの身体のわずかな動き、表情のかすかな動きも見逃さないように……」女の右手は男の油っぽい髪をまさぐる。「そしてあなたは、ぼうっとして、傲慢で、心ここにあらずという風だった。昔の格言の言うことは本当ね。〈武器のもたらす快楽を知る者を決して頼みにするべからず〉って」女はまた笑う、しかし今度は優しい笑いだ。「武器があなたたちにとってはすべてになってしまったんだ……あなたも知っている話だと思うけど、軍隊の野営地で、ある将校が武器の価値を新たな召集兵たちに示そうとして、ベナームという若い兵士に尋ねるの。〈おまえは、自分の肩にかけている物が何か知っているか〉ベナームが答えることには、〈はい、将校殿、私の銃であります〉将校は激して、こう言うの。〈おまえは馬鹿か！　それはおまえの母親、姉妹であり、おまえの誇りなのだ！〉それからその士官は他の兵士を捕まえて、同じように問うと、聞かれた方が言う、〈はい、将校殿、これはベナームの母親、姉妹であり、ベナームの誇りであります！〉」女はまだ笑っている。「よくできた話よね。あなたたちときたら、武器さえあればすぐに女たちを忘れてしまうんだわ」女は再び沈黙の中に沈み込む。男の髪をまさぐり続けながら。愛情を込めて。長い間。

それから、申し訳なさそうに、女は続ける。「私たちの婚約時代、私は男の人のことは何も知らなかった。夫婦生活についても何も。両親の生活しか知らなかったから。それも、全然お手本にならないような。父は、関心のあることといえば闘鶏と自分の鶉《うずら》のことばかり。父が自分の鶉を抱いているのはよく見たけど、母親を抱きしめたり、自分の子供たち、私たちを抱きしめてくれたことは一度もなかった。私たちは七人姉妹だった。愛情をかけられなかった七人の娘たち」女のまなざしはカーテンの渡り鳥の静止した飛翔の中に潜り込む。そこに父の姿を見ているかのように。「父はいつもあぐらをかいて座っていた。左手で鶉を持ち、服の上、ちょうど股のところにのせて鶉をなでていた。鳥の小さい脚が父の指の間からはみ出ていた。そして、右手で、父は鶉の首をいやらしくなでていたっけ。それが何時間でも続くんだから！　来客があったときにも、父親は、自分の言うところのお清めを止めたりはしなかった。父にとっての礼拝のようなものだったのね。本当にご自慢だった、その鶉たちが。一度なんか、凍りつくように寒い日、鶉を一羽、自分のズボン、ケシュタックの中に入れたことさえあった。私はまだ小さかったから、それ以来、長い間、私は男の人の股間には一羽の鶏がいるんだって思ってたっけ。そう考えると楽しかったから、初めてあなたのを見たとき、本当にがっかりしたのよ！」女はくすりと笑うと話を止め、目を閉じる。左手は自分の束ねられていない髪の根元をいじっている。「私は父の鶏が大嫌いだった」女は目を開く。悲しそうなまなざしが再び穴の開いたカーテンの空に向けられる。「毎週金曜日には、父はカーフ公園に自分の鶏を連れて行った。お金を賭けていた。時々は勝ち、時々は負けていた。負けたときには怒りっぽくなり、意地が悪くなった。怒り狂って家に帰り、何か理由を見つけては私たちに八つ当たりした。父は母のことも殴ったわ」女は話を止める。つらくなって話を中断し、自分の黒髪の根元をなお深くまさぐる。そして懸命に話をつづける。「ある試合で、父は大金をもうけたの、おそらくそうだと思う……それでそのお金を全部、途方もない値段の鶏につぎ込んでしまった。父は何週間もかけてその鶏を大きな試合に出そうと準備をし、それで」女は揶揄《やゆ》と絶望が混じった調子で笑い、また話しだす。「皮肉なことにその試合に、父の鶏は負けた。そして、父は掛け金を払えなかったものだから、私の姉をかわりに差し出した。十二歳だった姉は、四十男に嫁ぐはめになったのよ」女は髪の根元から指を移動させ、その爪は額をたどり、左目尻の傷をなぞる。「当時、私は十歳だった。いえ、違う……」少しのあいだ考えてみて「いえ、やっぱり十歳だった。私は怖かった。自分もまた、賭金の代わりにされる、そう思った。それで、私が父の鶉をどうしたか、分かる？」彼女は間をおく。それが話を盛り上げるためなのか、続きをはっきりさせるのをためらっているせいなのかは分からない。そうして、女は再び口を開く。「ある日……金曜日だったわ。父が、カーフ公園の闘鶉に行く前、金曜礼拝に出ているそのあいだに、私は鶉をかごから出して逃がしてやった。ちょうどその時、赤茶と白の虎縞猫が、傍の塀の上で眼を光らせていたっけ」女は深く息をつく。「猫は鶉に飛びついて、隅の方に引きずっていくと、誰にもじゃまされずにそいつを食べはじめた。私は後からついて行って、じっと眺めていた。その時のことは忘れようがない。〈沢山食べなさいね〉って猫に言ってやったりもした。猫が鶉を食べるのを見ていて、嬉しくて、満ち足りていたわ。恍惚のひとときだった。でも、すぐに私は嫉妬にかられた。自分がその猫になりたかった。父の鶉をおいしそうに食べているその猫に。ねたましくて、悲しくなった。猫には父の鶉の価値なんか分かりゃしないんだから。勝ち誇り、心が舞い上がるこの気持ちは、猫には思いおよぶはずもない。〈ああ、もったいない〉って思った。そして、夢中で猫の方に走り寄って残りを取り上げようとした。猫は私の顔を引っかき、獲物をくわえて逃げていった。私は自分の欲求が満たされず、あまりに残念だったので、地面に飛び散っていた父の鶉の血を、まるで蠅になったみたいに、なめ出したのよ」女の唇はゆがむ。いまだにその血の湿った生暖かさを感じているかのように。

「父は家に戻ってきて、鶏小屋が空っぽになっているのを見ると気が狂ったようになり、我を忘れてどなった。そして、私たちが鶉を見張っていなかったからだと言って、母と私の妹たち、そして私を殴った。あんな鶉のせいで！　父が私を殴っている間、私は、いい気味だ、と叫んでいた……だってあの憎らしい鶉のせいで、私の姉は嫁がなければならなかったんだから。誰のせいでそんなことになったのか父は気づくと、私を地下室に閉じ込めた。地下室は真っ暗で、私はそこで二日間過ごさなければならなかった。それから、私と一緒に猫を一匹閉じこめた。やはり近くをうろついていた別の野良猫。それから、嬉々として、お腹がすいた獣は私を襲って食べるかもしれない、って脅した。でも、幸運にも、私たちが住んでいた家にはネズミが沢山住み着いていたから、猫は私の友達になった」女は話を中断し、地下室の思い出に浸り、それから我に返る、男の傍らに。動揺し、女は男を長い間見つめ、突然、壁から身を離し、つぶやく。「でも……どうしてこんなことをこの人に話しているのかしら」自分自身の思い出に押しつぶされ、女は重たげに身を起こす。「こんなこと、誰にも知られたくなかったのに。誰にも。姉や妹たちにも」女はためらいながら部屋を出る。不安げな声が廊下に響く。「あの人のせいで私は頭がおかしくなってしまう。弱くなって、何でも話してしまったり、過去の過ちや間違いを告白するなんて！　あの人には私の声が聞こえる、私の話を聞いているんだ。間違いない、それで、私を傷つけ、壊してしまおうとしているんだ！」女は別の部屋に閉じこもり、一人きりになって、自分の不安を押し殺そうとする。

子どもたちはまだ廃墟の上で騒いでいる。

太陽は家の反対側に移り、カーテンの黄色と青の空の穴からはもう陽の光は差し込まない。

しばらくして、女は戻ってくる。暗い目つき。手は震えている。女は男に近づき、立ち止まる。深呼吸をして、素早い手つきでチューブをつかむ。目を閉じ、男の口からチューブを引き抜く。そして目を閉じたままで男に背を向け、おぼつかない足取りで何歩か進むと、泣き崩れる。「神よ、お許しください！」そしてヴェールを持って部屋を離れる。

女は走る。庭を。通りを。

チューブは宙に垂れたままで、点滴液は男の額に一滴、二滴と落ちる。水滴は男のしわの間を流れ、鼻の付け根に進み、目のくぼみに広がり、こけた頬を流れ、厚い髭にまで届く。

日が落ちる。
武器が目覚める。
この夜もまた、人は破壊を続ける。
この夜もまた、人は殺しあう。

朝。

雨が降っている。
雨は、街とその廃墟に降る。
雨は人の身体と傷の上に降る。

点滴の最後の一滴が落ち、男が何呼吸かした後、湿った足音が中庭に響き、廊下に達する。靴は泥まみれなのだろう。
部屋のドアがゆっくりと半開きになる。女だ。部屋に入る勇気がない。妙に不安な様子で男を観察する。女はドアをもう少し開ける。そしてまだ待っている。動くものは何一つない。靴を脱ぎ、部屋の中にゆっくりと滑り込み、戸口で立ち止まる。ヴェールを取る。女は震えている。寒さで。あるいは恐れで。女は部屋の中に入り、男が寝ているマットレスに足が触れるところまで来る。

男の呼吸はいつものリズムを刻んでいる。

口は相変わらず半開きだ。

普段のように、皮肉な表情をしている。

目はまだ虚ろで、魂が抜けたようだ。しかし、今日は、男の目は涙にぬれている。気づいた女はおびえ、しゃがみ込む。「あなた……泣いているの？」床に手をつく。しかしすぐに、涙だと思ったものはただ、流れ落ちた点滴液だということに気がつく。


女の渇いた喉から、白茶けた、声にならない声が出る。「あなた、いったい何者なの？」しばしの沈黙、二度、息をする間。「どうして神はイズラーイールをお寄越しになって、何もかも、あなたと一緒におしまいにしてしまわないのかしら」と突然女は問う。「神はあなたをどうしたいのかしら」女は顔を上げる。「神は私をどうしたいの？」声は低く、くぐもっている。「神はおまえを罰そうとされているのだ、とあなたなら言うでしょうね」女は首を振ってやや明るい声で言う。「それは間違いよ。あなたのことを罰そうとしているのかもしれないじゃない。あなたを生かしておけば、私があなたをどうできるのか、あなたとなにができるのか、見ることが出来るでしょう。神は私を悪魔のような人間にしようとしている……あなたのために、あなたに対して！　そう、私はあなたにとって、悪魔が身体を持って人間になったようなもの」女は男のどんよりした視線を避けるためにマットレスの上に移動する。そして長い間黙って、物思いにふけっている。どこか遠く、時間をさかのぼってはるか昔、その悪魔が女の中に生まれたその時にまで旅をしている。

「昨日あなたに告白したことで、あなたは、小さな時から私はもう悪魔のような存在だった、と言うでしょうね。父から見ても悪魔のような子」女の手は優しく男の腕に触れ、なでる。「でもあなたにとって、私は悪魔のような存在だったことは一度もないでしょう？」女は首を振る。「いや……もしかして……」疑いと躊躇《ちゅうちょ》の重みに満ちた沈黙。「でも、すべてあなたのためにしたことだったの……あなたを失わないために」女の手は男の胸の方へ滑る。「違う、本当のことを言えば、あなたが、私を捨てないために、私のもとから逃げないために！　だから、私は……」女は話を途中でやめる。女は男の傍らで横向きに身体をちぢめる。「あなたの妻でいるためなら私は何でもした。あなたのことを好きだったからだけじゃなくて、あなたが私を捨てないように。あなたがいなければ、私は何者でもなくなってしまうんだもの。そうなったら、みんなは私を追い出したことでしょうよ」女は黙る。手はこめかみをさすっている。「本当のことを言うと、最初の頃、私には、あなたを好きになれるかどうか自信がなかった。英雄を愛せるなんて信じられず、到底無理なこと、夢のようなことに思えた。三年の間。私はあなたのことを想像しようとして……そしてある日あなたはやって来た。寝床に入り込んだ。私の上に乗った。私に身体をこすりつけた……そして、あなたは達することができなかった。私に何か言うことさえできなかった。真っ暗な闇の中で、心臓はひどくどきどきし、息切れしながら、汗だくになりながら……」女は目を閉じている。女は自分の無気力な身体を離れ、別の場所に行ってしまっている。その欲望の夜の暗闇に沈み込んでいる。そしてしばしそこに止まっている。言葉もなく。動きもなく。

「それからすぐに、私はあなたに慣れた、あなたの不器用な身体、それからどのように表現していいのかあの頃は分からなかった、あなたはここにいるのにいないっていうことに慣れた。それから段々と、あなたが出かけていて側にいないと私は心配になった。あなたの帰りを待っていた。あなたがいないときは、どんなに短い間でも、私はおかしな気分になった……何かが欠けているように感じた。家に何かが欠けているのではなく、私の中に何かが欠けている……私は自分がからっぽになった気がした。それで、何でもやたらに口に入れるようになった。そうすると毎回、私が吐こうとしていないか、あなたのお母さんがそわそわと見に来ていた。お母さんは私が妊娠したと思ったのね！　私が、他の人に──あたしの姉や妹たちに──この不安、あなたがいない間の私の心持ちを伝えると、あの人たちは、私はただ恋をしているだけだって答えたの。でもそれは長くは続かなかった。五、六か月経つと、すべてが変わった。私には子どもが出来ないと確信して、あなたのお母さんは私を邪険にしだした。あなたと同じように。だけど……」女の手は頭の上に伸ばされ、動かされる、女を襲いに来た言葉の続きを追い払うかのように。

しばらくたった後──男が五、六回息をしてから──、女は話を続ける。「そしてあなたは再び武器を取り、あのばかげた身内殺しの争いに出かけていった。あなたは高慢ちきでうぬぼれが強く、乱暴な人間になった。お父さん以外のあなたの家族がみんなそうであるように。家族の他の人はみんな私を軽んじて、あなたのお母さんはあなたに二番目の奥さんをとらせたくてたまらなかった。そこで、私はすぐに、私の運命、これから私がどうなるかを察した。あなたは何も知らない……捨てられないために、私が何をしたかなんて」女は男の腕に自分の頭をもたせかける。男の寛容を請うかのような優しい微笑み。「私がしたことみんな、いつか、あなたは許してくれるでしょう……」女の表情が固く閉ざされる。「でも今考えると……もし知っていたら、あなたはすぐに私を殺していたでしょうね」女は男に身を投げ、長い間、男の虚ろな目をまっすぐにのぞき込む。そして男の胸に頰を優しく乗せる。「不思議ね。今ほどあなたに近いと思ったことはない。もう結婚して十年にもなるのに。十年！　でも、この三週間で、やっと私、あなたと何かを分かちあえた」女の手は男の手をなでる。「あなたにこうやって触れられるし……あなたは私に決して触らせてくれなかった、決して」その手は男の口の方に滑って行く。「わたしはあなたにキスをしたことがなかった」女は顔を寄せて唇を重ねる。「初めて私があなたの唇にキスをしようとしたとき、あなたは私を押し返した。私はインド映画で見たようにしたかったの。あなた、ひょっとして、怖かったんでしょう」女はいたずらっぽく問いかける。「そう、あなたは怖かったのよね、どうやって若い女にキスしたらいいか分からなかったから」女の唇が男の濃い髭に触れる。「ほら、今なら私、あなたに何でも出来る！」男の虚ろな顔がもっとよく見えるように女は頭を上げ、男を長い間、間近に見つめる。「何でも話すことが出来る、話を途中で止められず、ののしられもしないで」女は頭を男の肩に置く。「昨日、家を出たとき、何と言っていいか分からない、不思議な気持ちになったの。悲しいのだけれど同時に気が楽になり、不幸でもあり幸せでもあるような気持ち」女のまなざしは濃い髭の中に迷い込む。「まるで、気がつかないうちに肩の荷が下りたみたい。こんなに不安で、良心が痛んでいるのに、どうして気持ちが落ち着き、軽くなったのか分からない。分からないけれど、もしかしたらあのことのおかげで……」女は話を止める。いつものように、それが、考えが途切れたせいなのか、言葉を探しているせいなのかは分からない。

女は再び自分の頭を男の胸に乗せ、話をつづける。「思ったのは、気持ちが楽になったのはあなたをついに捨てることが出来たからだってこと……あなたを放っておいて死なせること……あなたをやっかいばらいすること」女は男の力の抜けた身体に抱きつく、まるで暖をとるかのように。「そう、あなたをやっかいばらいすること……だって昨日、突然、私思ったの、ひょっとしてあなたには意識があって、身体も精神もしっかりしていて、私に話させたい、私の秘密を暴いて、私を自分のものにしたいって思っているんじゃないかって。それで、怖かった」女は男の胸にしがみつく。「あなた、私を許してくれる?」男を優しく見つめる。「チャードリーに身を包んで家を出てから、私はこの、何も聞こえず何も見えない街の通りを、べそをかいてうろうろしたの。気の狂った女みたいに。昨日の晩、叔母の家に戻ったときには、みんなが私は病気じゃないかと思ったわ。私はまっすぐ自分の部屋に行って、悲しんで、自分を責めて、まるで眠れなかった。自分が化け物に、悪魔になった気がして、とても怖かった。私、狂女、犯罪者になったのかしら」女は男から身を離す。「あなたのように、あなたの家族のように……隣の一家の首を切ったやつらのように。私も、あなたたちと同じ側にいるんだ。そう考えるしかないってことが怖くて、私は一晩中泣いていた」女は男に近づく。「それで、明け方、雨が降り出すちょっと前に、風のせいで窓が開いて……私は寒くて、怖かった。娘たちをぎゅっと抱きしめて……自分の後ろに誰かがいる気配がして、振り返る勇気がなかった。誰かの手が私をなでているように感じて、動けなかった。私には父の声が聞こえた。思いきって後ろを振り向いてみると、父がそこにいた。白い髭で。小さな目が暗闇でまたたいていた。くたびれた姿で、私が猫にやった鶉を手にしていた。私が昨日あなたに話したおかげで、この鳥は生き返ったんだよ、父はそう説明して私を抱きしめた。そこで私は起きあがると、父はもういなかった。風に乗って行ってしまった。雨の中。夢だったのかしら。でも、あんなに本当だったのに。私のうなじにかかる父の息も、肌に触れる父の手のたこも……」女は頭をまっすぐに保つために手であごを支える。「父が訪ねてきてくれて、うれしかったし、気持ちがすっとした。それで、私の気が楽になったのはあなたを置き去りにしたせいではないとやっと分かったの」女は伸びをする。「私の言いたいこと分かってくれる？　結局のところ、私、この話、鶉の話ができてすっきりしたの。みんな話せたから。あなたに言えたおかげ。実際、あなたが病気になってから、私があなたに話すようになってから、あなたにいらつくようになってから、あなたに悪口を言えるようになってから、心の中にしまっておいたことをみんなあなたに話せてから、そしてあなたがそれに何も応えることができなくなってから、私に対して何もすることができなくなってから、私はずっと元気になったし、気持ちも落ち着けたって気がついたの」女は男の肩をつかむ。「だから、もしも、休みなく私たちに降りかかってくる不幸にもかかわらず、私が、肩の荷が下りたように、解放されたみたいに感じているのだとしたら、それは私の秘密のおかげ、あなたのおかげ。私は悪魔のような女じゃない！」女は男の肩を離し、髭をなでる。「だってもう私はあなたの身体を自分のものにして、あなたは私の秘密を自分のものにしているのだから。あなたは私のためにここにいるの。あなたの目が見えるかどうか、私には分からないけれど、ひとつ確かなのは、あなたは私の声を聞くことができて、私の話していることもちゃんとわかっているということ。だからこそあなたは生きてるのよ。そう、私のため、私の秘密を聞くために」女は男を揺さぶる。「あなたも分かると思うけれど、父の鶉を生き返らせることができたように、私の秘密があなたを生かしているの。だって、もう三週間も首の後ろに弾がめり込んだまま生きているじゃない。そんなのって今まで聞いたこともないわ。だれもそんなこと信じやしない。飲みも食べもしないのに生きてるなんて！　確かに、これは奇跡よ。私のため、私のおかげでこの奇跡が起きたの。あなたの呼吸は私の秘密の話にぶら下がって、生き延びているの」女は軽々と身を起こし、優雅な姿勢でたたずんで、こう言う。「でも、心配しないで。私の秘密には終わりがないから」女の言葉はドアの向こう側で響く。「だって今、私はあなたを失いたくないもの！」

女は点滴バッグを満たしに戻ってくる。「やっと、あなたのお父さんが話していた聖なる石のことが分かった。お父さんが亡くなる少し前のこと。あなたはまた戦いに出ていた。あなたがこの弾に当たる少し前、何か月か前、あなたのお父さんは病気だった。お世話をしてたのは私だけ。お父さんは聖なる石の話を何度もしていた。黒い石のこと。お父さん、その話ばかりしていたっけ……なんて言ったかしら、その石」女は言葉を探す。「知り合いが訪ねてくると、お父さんはその石を持ってくるように必ず頼んでいた……黒い、貴重な石……」女は男の喉にチューブを差し込む。「知ってるかしら、その石を自分の前に置いて、その前で、自分に起きた不幸とか、苦しみとか、つらさとか、悲惨なこととかを話すの。その石に、心にしまっていたこと、他の人には言えないことをすべて告白するの……」女は点滴を調整する。「石に話したいだけ話すと、石はその人の話を聞き、その人の言葉や秘密を吸いとる、ある日割れるまで。その時、その石は粉々になるの」女は男の目を拭き、湿らせる。「そしてその日には、すべての苦しみ、悲しみから解放されている……その石のこと、なんて言ったかしら」女はシーツを直す。「亡くなる前の日、お父さんは私を一人だけ側に呼んだ。お父さんは苦しんでいた。そして、私にささやいた。〈娘や、死の使いが、大天使ジブリールを伴って私の元に現れた。大天使ジブリールが私に託した秘密を、おまえに伝えておこう。今なら、私はその石がどこにあるか分かる。石はメッカのカーバにある。神の住まわれるところに！　犠牲祭のあいだ、何百万という巡礼者がその周りを回る、黒い石のことだよ。その石こそが、私がずっと話していた石なのだ……天国で、その石にはアダムが座っていた。しかし、神がアダムとイヴを地上に追いやってからというもの、神はその石を地上に降ろして、アダムの子供たちが自分の苦しみや悲しみを話すことが出来るようにしてくださったのだ……そして、その石こそが、アブラハムが下女とその息子を砂漠に追放した後に、大天使ジブリールがアガルとその息子のイスマエルに枕として贈った物なのだ……この石は、地上に生きるあらゆる不幸な者たちのためにあるのだ。そこに行きなさい。そして、石が砕けるまでおまえの秘密を告白しなさい。苦しみから解放されるまで〉」女の唇は悲しみのせいで灰色がかった色になる。そしてしばらくの間、喪に服すかのように沈黙している。

女はかすれた声でつづける。「何世紀も前から、巡礼者たちはメッカに行って、その石の周りを回っているのに、どうしてその石はまだ砕けないのかしら」皮肉な笑いが女の声を大きく響かせ、その唇は再び生気を取り戻す。「石はある日砕けるでしょう、そしてその日が人類の最後なのよ。最後の審判とはそれなのかもしれない」

誰かが中庭を歩いている。女は黙る。足音は遠ざかる。女は口を開く。「言ってもいい？　私、その神秘の石、私のための石を見つけたと思う」隣家の瓦礫から聞こえて来る声に妨げられ、女は考えるのを一時止める。いらいらと立ち上がり窓の方に行ってカーテンを開ける。そして、目にしたものに釘付けになる。手で口を覆い、声を出せずにいる。カーテンを閉めて、黄色と青の空の穴越しにその光景を観察する。そして声を張り上げる。「死んだ人を家の庭に埋めてる……おばあさんはどこに行ったの？」女は長い間動かずにいる。そして、すっかり憔悴して男の元に戻る。マットレスに横になり、顔を男に寄せ、肩に顔を埋め、深く呼吸をする、静かに、前のように。男の呼吸に合わせて。

モッラーが埋葬のためにコーランの章句を朗読する声が雨にかき消されている。モッラーは声を張り上げ、早く済ませようと祈りに勢いをつける。

人声やざわめきが雨にぬれた瓦礫の上に散らばる。

誰かが家に近づく。今や扉の向こう側まで来た。扉をたたく。女は動かない。再びたたく音。「誰かいるか。私だ、モッラーだ」とじりじりした声が言う。女はその声にも耳を貸さず、身動きひとつしない。モッラーは何かをつぶやくと立ち去る。女は身を起こし、壁に背をつけて座り、モッラーの雨にぬれた足音が通りに消えるまでじっと動かずにいる。

「叔母のところに行かなきゃ。子どもを迎えに行かないと」女は身を起こす。そして、しばらく立ったままでいる、男が何呼吸かするのを聞く間。

女は、ヴェールを拾い上げようとして、ある言葉をふと口に出す。「サンゲ・サブール！」女は飛び上がる、「石の名前を思い出した。サンゲ・サブール、忍耐の石、神秘の石！」男の傍らにしゃがむ。「あなたは私のサンゲ・サブールよ」女は男の顔に軽く触れる、本当にその石に触れているかのように。「あなたにすべてを話すわ、全部、私のサンゲ・サブール！　私があらゆる苦しみから、不幸から解放されるまで、あなたが……」女は最後まで言わない。男に想像させておく。

女は部屋を、廊下を、家を出る。

十呼吸後、女は息せき切って戻ってくる。そしてぬれたヴェールを床に放ると、男の元に駆け寄る。「今晩また刈り込みがあるそうよ。今回は敵の、だと思う。あなたが見つからないようにしなくちゃ……そうじゃないと殺されてしまう」女はひざをつき、もっと近くで男に目を注ぐ。「そうはさせない。今となっては、私はあなたが必要なの、私のサンゲ・サブールが」女はドアに近づく。「あなたのために地下室を用意するわ」そして部屋を出る。

ドアが軋む音を立てて開く。彼女の足音が階段に響く。突然、彼女は絶望して叫ぶ、「どうしてこんなことに！」女はパニック状態に陥って地下室から上がってくる。「地下室に水がいっぱい溜まってるわ！」女は行ったり来たりする。手を額に当て、記憶の中でどこに男を隠したらいいか捜しているように。見つからない。ここ、この部屋しかない。確かな手つきで、女は緑のカーテンを引き開ける。そこは納戸になっていて、枕やシーツ、マットレスなどが積み重なっている。

そこに場所をつくり、女はマットレスを一枚敷く。マットレスは大きすぎるので、女はその端を折り、周りにクッションを置く。それから自分がこしらえた空間をよく見るために一歩後ろに下がる。貴重な石のための小さな場所。女は出来ばえに満足すると、男の側に戻る。女は男の口から注意深くチューブを抜き取り、男を肩に背負って持ち上げ、身体を引きずり、マットレスの上に乗せる。部屋のドアの反対側、クッションに囲まれた小さな空間に男を何とか座らせる。男の表情のないまなざしはある一点、床のキリムの上に止まったままだ。女は点滴バッグを壁に掛け、チューブを再び口に入れ、手前にマットレスやシーツを何枚も重ねて納戸を隠す。ここに人がいるなんて、誰も思わないだろう。

「明日戻ってくる」と女はつぶやく。ドアの入り口で、ヴェールを拾おうとかがみ込んだとき、突然、そう遠くないところで砲声が響き、女は動くのを止め、身体をこわばらせる。二番目はさらに近い。三番目は……そしてあらゆる場所で撃ち始める、あらゆる方向に。

地べたに座り込んで、女は嘆く。「子どもたちが……」しかしその嘆きは誰にも通じない、嘆きはあたりをつんざくような戦車の走行音にかき消される。女は窓の方へ這って行く。カーテンの穴越しに、女は外をうかがい、力を落とす。涙にぬれた叫びが女の胸からほとばしる。

「神よ、お守りください！」

女は、二つの窓を隔てている壁、半月刀と皮肉な表情の男の写真のすぐ下に背をもたせかける。

そして静かにうめく。

誰かが家のすぐ近くで撃っている。おそらく中庭で、壁の背後にいるのだろう。女は涙を引っ込め、息を殺す。カーテンの裾を持ち上げる。通りの方に向かって撃っている人影を見て、女は素早く身を引き、慎重にドアの方に近づく。

廊下のところまで来ると、銃を持った影が女に動くなと命じる。「部屋に戻れ」女は指示に従う。「座れ、動くんじゃない！」女は、男がさっきまで横たわっていた場所に座り、じっとしている。廊下の暗闇から兵士の姿が浮かび上がる。ターバンを巻き、その端で顔の半分を隠している。ドアの枠をふさいでしまうほど大きく、部屋を支配するような存在感がある。兵士はターバンの間からのぞく暗い視線で部屋全体をぐるりと見回す。そして一言も言わず、窓の方に向かうと、通りの方向に視線を走らせる。そちらでは相変わらず銃撃戦が続く。兵士は女の方に向き直ると安心させるように言う。「何も心配するな。私が守ってやる」そして再び、男は周囲を監視する。女は怖がっていたのではなく、絶望的な気持ちになっているのだが、それでも気丈に冷静さを保っている。

女は二人の男に挟まれて座っている。一人は黒いターバンに顔を隠し、もう一人は緑のカーテンの後ろに隠れている。女は不安な視線を向ける。

武器を持った兵士はつま先立ちで腰を下ろし、かかとに尻を乗せた姿勢で、指は引き金の上に置かれている。

まだ用心深く、監視する態度で、兵士は顔をカーテンから女の方に向け、尋ねる。「一人なのか」女は落ち着きはらった声でこう答える。「いいえ」そして、凛《りん》とした調子で言葉を継ぐ。「アッラーが私とともにいらっしゃいます」それから緑のカーテンの方をちらっと見る。兵士は黙る。女を上から下までじろじろ眺める。

外では、もう銃撃はない。遠くでは、離れていく戦車の耳を聾する地響きしか聞こえない。

部屋も、中庭も、通りも、重く立ちこめた沈黙の中に沈んでいる。

誰かの足音に兵士は飛び上がり、武器を女の方に向け、動くなという合図をする。そしてカーテンの穴に目を寄せる。それから、肩の緊張を解き、安心した様子で兵士はカーテンを引き上げ、小さく口笛を吹いて合図を送っている。足音は止まる。兵士が低い声で言う。「おい、おれだ。こっちに入れよ」

もう一人の兵士が部屋の中に入ってくる。もう一人もターバンを巻き、その端で顔の半分を隠している。長いウールのショール、パトゥが兵士のやせ細った身体を覆っている。女がいるのに驚きつつ、側に座り込んだ兵士に最初の兵士が聞く。「それで?」後から来た方は、女を穴の開くほど見つめ、声変わり途中の思春期の声でどもりながら言う。「だだだ……だいじょう……ぶ、と、とう、灯火管制があああ、ある」

「いつまでだ」

「わ、わか、わからない」ともう一人は言う。相変わらず女の存在に完全に気をとられながら。

「よし、それじゃ、警備につけ。今日はここに野営する」

若い兵士は反論しない。女からなおも目を離さずに、若者はねだる。「た、たば、こをいっ、っぽん」若者を早く追い払いたい兵士は煙草を投げてやり、自分もその髭面をすっかり露わにして一本煙草を吸う。

敷居をまたぎながら、若者は女に陶然とした視線を向け、しぶしぶ廊下に消える。

女はいつもの場所に座ったまま、男の仕草ひとつひとつを、自分の警戒心を悟られないよう用心しながら観察する。「一人で暮らすのが怖くないのか」煙を吐き出し、男が聞く。女は肩をすくめる。「ほかにどうしようもないもの」男は長いあいだ煙草を吸ってから、尋問する。「誰も面倒を見てくれる人はいないのか」女は緑のカーテンの方を一瞥する。

「誰も。やもめですから」

「どちらの側だ」

「あなたたちの側だ、と思います」

男はなおも執拗に聞く。もう一度、煙草を深く吸いこんで続ける。

「子どもはいるのか」

「ええ。二人……。娘ですけど」

「どこに」

「叔母のところに」

「で、おまえはどうしてここに?」

「仕事をするために。生活の糧を得て、子どもを養わないといけないから」

「仕事は何を」

女は男を見据えて、言葉を投げつける。「私の身体の汗で、暮らしているの」男は混乱し、尋ねる。「何だって？」

女は、恥じらいを少しも表には出さずに言う。

「私は身体を売っている」

「何ばかげたこと言ってるんだ」

「あなたたちが自らの血を売っているように、私も自分の身体を売っているのよ」

「だから何言ってるんだ？」

「私は男に快楽を与えるために身体を売っているのよ」

男は激昂し、女を罵倒する。「寛容にして我らの信篤きアッラー、お守りください！」

「誰から？」

兵士は口から煙草の煙を一気に吐き出し、なお神の加護を求める。

「神の名において！」悪魔払いをする。「悪魔から私をお守りください」そして、煙草を一息吸い込み、その煙と一緒に怒りに震えた言葉を吐き出す。

「おまえ、恥ずかしくないのか」

「そんなことを言うことが、それともそんなことをすることが？」

「おまえはイスラーム教徒じゃないのか」

「れっきとしたムスリムです」

「おまえ、石打ちの刑にあうぞ。地獄の業火で生きたまま焼かれるぞ！」

男は立ち上がり、コーランの一節を唱える。女は座ったまま、余裕を持って男を見ている。挑戦的な目つきで頭から足の先まで何度も見つめなおす。男は二の句が継げずにいる。口髭の周りに見える怒りや、憤怒に満ちたまなざしを煙草の煙が隠している。不愉快さを露わにして、兵士は一歩踏みだし、女を指さして怒鳴る。「この淫売め、殺してやる！」銃身を女の脇腹に突きつける。「その腐ったあそこを吹き飛ばしてやる、汚らわしい売女め、悪魔め！」男は女の顔につばを吐く。女は動かない。男を馬鹿にし、表情を変えず、自分を撃つようにしむけているようにも見える。

兵士は歯ぎしりし、鋭い叫び声を上げて家を出る。中庭に出てもう一人の若者を呼び止め、「来い、ここを出るぞ、こんな、神をも畏れぬ家にいられるか！」ぬかるんだ通りを走り去って行く足音が聞こえるまで、女は超然とした様子でいる。

女は目を閉じ、ため息をつき、長い間肺にためていた、煙に満ちた部屋の空気を吐き出す。乾いた唇に勝ち誇った笑みが浮かぶ。緑のカーテンの方を長い間見てから、女は手足を伸ばして男の方に近づく。「ごめんなさい」と女はささやく。「ああ言わなければならなかったの。そうじゃなかったら、私がやられていたでしょう」棘のある笑いが女の身体を揺らす。「ああいう男にとって、売春婦を抱いたり犯したりは自慢になるようなことじゃないのよ。彼の前にも数え切れないほど使われていた穴に自分の汚れたいちもつを入れるなんて、男らしさを誇ることにはならない。そうでしょう、サンゲ・サブール、あなたなら知っているはず。彼みたいな男は売春婦が怖いのよ。どうしてか知ってる？　言ってあげましょうか、サンゲ・サブール。売春婦を抱くことで、あなたたちは女の身体を支配するのではなく、交換関係に入るの。あなたは女に金を渡し、女はあなたに快楽を与える。そして、よく起こることは、女の方があなたたちを支配するということ。売春婦の方があなたたちを抱くのだから」

女は落ち着きを取り戻す。そして、分別じみた口調で続ける。「だから、売春婦を暴行するのは、暴行に当たらない。若い娘の処女や、女性の誇りをうばってこその暴行、それがあなたたち男の誇りなんでしょう」女は話を止め、時間が流れているのをやり過ごしている。自分の夫が——出来るならば、そう女は望んでいるのだが——女の言葉をかみしめる間。

女は続ける。「サンゲ・サブール、あなたはそう思わない？」女はカーテンに近づき、納戸を隠しているマットレスを少しずらす。どんよりした目の男の顔をまっすぐ見据え、言う。「あなたが私の言っていることをみんな分かっていて、聞き取ってくれるのだといいのに」女は頭をすこしカーテンの中に入れる。「もしかしてあなたは、私がどこからこんな話を全部引き出してきたんだって思うでしょうね。でもね、サンゲ・サブール、私まだあなたに言うことがたくさんあるのよ……」女は、身を引く。「私の中で、ある時からずっとたまってきたこと……私たち、そういうことを話す機会がなかった。というよりは、正直なところ、あなたが私に話す機会を与えてくれなかったのよ」女は一時黙る、一呼吸する間、どこから、何から話し始めたらいいか考える間。しかし信者に夕刻の礼拝時に神の前にひざまずくように呼びかけるモッラーの叫び声が女を呼び戻し、彼女の中に隠された秘密を脇にやる。女は不意に身を起こす。「私など、神に舌を切られればいいんだ。もう夜になるというのに、子どもたちを放っておくなんて！」そして急いで渡り鳥の柄のカーテンを上げる。雨の灰色のヴェールの後ろで、すべては暗く無気力な雰囲気の中に沈み込んでいる。

点滴の液が落ちる速さを確かめ、ヴェールを拾い、ドアを次々と閉めて中庭にたどり着く頃には、もう遅すぎた。礼拝への呼びかけは終わり、モッラーはこの地区の灯火管制を命じ、停戦を尊重するように呼びかけた。女の足音はぬれた土に吸い込まれる。

人々はためらっている。

どうしていいか分からなくなっている。

元来た道を戻る。


女は部屋に戻る。

他にどうしようもなくて、女はヴェールを床に放り投げると、もう飽き飽きしたというかのように、かつて夫の身体が占めていたマットレスの上に崩れ落ちる。「私の娘たちをアッラーの手に委ねます」そしてコーランの章句を唱えながら、神は自分の娘たちを守ってくれる力を持っている、と女は自分に言い聞かせる。それから、部屋の暗さに身を委ね、女は横たわる。影の暗さを貫く視線は積み上げられたマットレスの方に釘付けになっている。マットレスの後ろには緑のカーテンがある。カーテンの向こうには女の夫、女のサンゲ・サブールがいる。


銃声が、遠くで。それからもう一回、近くで。それで灯火管制は破られた。

女は身体を起こし、緑色の無地のカーテンに向かう。女はマットレスの位置をずらすが、カーテンを開けはしない。「私、ここにいなくちゃ。あなたに、私のサンゲ・サブールに話すことが一晩中でもあるから。でも、モッラーがわめく前に私、あなたに何を話してたんだっけ」女は考えをまとめようとする。「そうそう、あなた、私がこんな考えをどこから持ち出してきたんだって、そう思っていたのよね。そうでしょう。私にいろいろなことを教えてくれた人は二人いた、叔母とあなたのお父さん。私の叔母からは、私が男とどうやって生きていったらいいか、あなたのお父さんからは、どうして男と生きなければならないのかを私は学んだ。私の叔母は……」女はカーテンを少し開く。「あなた、叔母のことを何も知らなかったのだものね。知らなくてよかった。そうじゃなかったら、あなたは私の叔母をとっくの昔に出入り禁止にしていたでしょうよ。今だから話せることだけど。叔母は私の父のただ一人の妹で、すばらしい女性だった！　私は彼女の優しさに包まれて育った。母親より好きだった。叔母は寛容で、美しかった。とても。心の広い人。私に読むことや、生きることを教えてくれたのは叔母……でも、叔母の運命は悲劇的なものだった。とても金持ちの、でも俗物と結婚して。性根の腐りきった男。汚い金にまみれて。結婚生活は二年間続いたけれど、叔母は子どもを身ごもることが出来なかった。夫のために子どもを産んであげることが出来なかった。わたしがわざわざ夫のためにと言うのは、あなたたち男は、子どもは自分たちのものだとおもっているから。とにかく叔母には子どもができなかった。言いかえると、ごくつぶし、ということ。そこで叔母の夫は自分の両親の住んでいる田舎に叔母を送り込んで、両親の世話をさせようとした。叔母が美しく、しかも不妊症だったから、叔母の義父は心おきなく叔母を抱くことが出来た。何の心配もなく。朝も晩も。ある日、叔母はもう耐えきれなくなって、義父の頭をかち割った。叔母は義父母の家から追い出され、叔母の夫も叔母を捨てた。叔母の身内は、私の父も、みんな叔母と縁を切った。だから、叔母は、一家の恥ずべき女である叔母は、自殺するという言葉を残して消息を絶った。身体は焼かれ、灰になる、と。それっきり、何の音沙汰もなく、墓も建てられなかった。それが家族の誰にとっても都合がよかったわけだし。この〈男勝りの女〉のための通夜も葬式も行われなかった。私だけが泣いていた。そのころ十四歳だった。私はいつも叔母のことを考えていた」女は話を止め、頭をたれ、その時のことを思い出して目を閉じる。

何呼吸かしてから、夢の中でのように、女は話を続ける。「七年以上も前、あなたが戦いから戻る前のこと、私はあなたのお母さんと市場を歩いていた。私は下着の商人の前で立ち止まった。知っている声が私の耳に届いてきた。振り向くと、そこに叔母がいたの！一瞬、夢でも見たのかと思った。でもそうではなくて、本当に叔母だった。私は彼女の名前を呼んだけれど、叔母はまるでそれが自分の名前じゃないかのように振る舞って、私が誰だか分からないふりをした。でも、私にははっきりと分かっていた。私の血が、間違いなく叔母だと言っていた。そこで私は、はぐれたふりをしてお母さんから離れて、叔母の後を追っていった。叔母の家に着くまで一歩も離れなかった。そして家の扉の前で彼女をつかまえた。叔母は泣き崩れた。私を胸に抱き、自分の家に入れてくれた。そのころ叔母は売春宿に住んでいたの」女は黙り、自分の夫が緑のカーテンの後ろで息を吸ったり吐いたりしているのを聞く。そして女も息をする。

街の中では、撃ち合いが続いている。遠くで、また近くで、間隔を置いて。

部屋の中では、あらゆるものが夜の闇に沈んでいる。

女は「お腹がすいた」といって立ち上がると、手探りで廊下の方に、それから台所に進む、なにか食べるものを探しに。女はまずランプをつける。ランプは廊下の一部を照らし、部屋の中にもその光がかすかに届く。棚の扉をいくつか開く音がしてから、女が戻ってくる。何日も経って堅くなったパンの端とタマネギを一個片手に持ち、もう一方の手には風除けつきランプを手にしている。女は男の近く、緑のカーテンの近くに戻ってから、ランプの黄色っぽい光でカーテンを少し開け、自分の「忍耐の石」がまだ砕けていないかどうか確かめる。大丈夫、サンゲ・サブールはまだそこにいて、割れずにひとかたまりのままいる。目を開いたままで。みっともなく半開きになった口にチューブがつっこまれているのに、まだからかうような顔つきをしている。男の胸は相変わらずふくらんだりへこんだりしている。まるで奇跡のように、前と変わらないリズムで。

「それで、今日、その叔母が子どもたちを預かってくれたの。叔母は娘たちのことが好きだし、あの子たちも叔母になついているから、あまり心配はしていないのだけど」女は玉ねぎの皮をむく。「叔母はあの子たちにいろいろな話をしてくれる……前にそうしてくれたように。私も、叔母の話を聞いて育った」女は玉ねぎを一枚、パンのかけらの上にのせて口に入れる。女の柔らかい声に、堅いパンをかむぱりぱりという音が混じる。「この間の晩、叔母は、祖母が私たちにしてくれた、奇妙な話をしようとしたのだけれど、私はその話を娘たちにはしないように頼んだの。刺激の強すぎる話だから。残酷だし。でも、引き込まれてしまうような話。あの子たちは小さすぎてまだわからないわ」女は、男の目を湿らせるために持ってきたコップの水を一口飲む。

「あなたも知っているように、うちは女兄弟だけだった。よりにもよって、七人姉妹。息子は一人もなし！　親には耐え難いことだった。そのせいで、祖母はその話を私たちにしたの、私と私の姉妹に。長いこと、私は、その話は祖母が私たちのためにこさえた話だと思っていた。けれど、叔母が言うところでは、祖母はその話を最初に祖母の祖母から聞いたの」

玉ねぎをもう一枚むいて、パンをもうひとかけら。

「どちらにしても、祖母は私たちにその話をするとき、この話は私たちの人生に幸せか不幸か、どちらにしても魔法のような作用を及ぼすのだって釘を刺した。そう警告されると怖かったけれど、同時に興奮もした。祖母の美しい声が響き、私たちの心は震えた。

〈昔々、あるところ、ないところに、とても魅力的で、勇気のある王さまがいました。けれども、王さまには、人生で守らなければならない、とても大事な掟が一つだけあったのです。それは、決して娘を持たない、ということでした。王さまの結婚式の晩、天文学者たちは王さまにこう言いました。もしもお妃《きさき》さまが娘をお産みになったら、その娘は玉座を辱めることでありましょう。でも、皮肉なことに、お妃さまが産んだのは娘ばかりでした。だから、一人生まれるたびに、王さまは死刑執行人に、自分の娘を殺すように命じたのです！〉」

思い出に浸り、女はこの話を孫たちにしている老婆のような顔つきになる。女の祖母の顔だろうか。

「〈死刑執行人は長女を殺し、二番目の娘も同じようにしました。三回目に、死刑執行人は、赤ん坊の口から出てくる小さな声にぎょっとして動きを止めました。赤ん坊は、お妃さまがもし自分を殺さないでおいてくれたら、お妃さまは自分自身の王国を持つだろう、と伝えて欲しい、そう死刑執行人に頼んだのです。その言葉に動揺して、死刑執行人はこっそりお妃さまのところに向かい、自分が目にしたこと、耳にしたことをお妃さまに伝えました。お妃さまは、王さまには内緒で、言葉を話せるというその赤ん坊の元に駆けつけました。お妃さまは驚き、また怖くもあったので、国から遠くへ逃げるための二輪馬車を用意するよう死刑執行人に命じました。真夜中ちょうど、お妃さまと娘、そして死刑執行人はこっそりと街を離れ、遠くの街に旅立ちました〉」

何も、家から遠くないところで発射される砲弾の音でさえも、女の話を妨げはしない。

「〈王さまは、お妃さまたちが逃げてしまったことにかんかんになって怒り、お妃さまを見つけるために遠くの国々を征服しに出かけました〉祖母はいつでも、ここまでくると話を止めて、いつもの質問をしたの。〈さて、それはお妃さまを見つけるためだったのか、それとも追いつめるためだったのでしょうか〉」

女はほほえむ。女の祖母がおそらくそうしていたように。そして話を続ける。

「何年もの時間が経ちました。王さまの遠征の途中に、小さい王国があり、公正で勇敢、平和を好む女王さまがその国を治めていました。この国は王さまの遠征に抵抗しました。この国の人々は、この外国の王さまの入国を拒否したのです。そこで、傲慢なこの王さまは、街を焼きはらうよう命じました。国の大臣は、女王さまに、王さまと面会をして交渉した方がいいと勧めましたが、女王さまはそれに反対しました。女王さまは、そんな交渉の場につくくらいなら、いっそこの手で王国を焼き払ってしまった方がいいと断言したのです。そこで、美しいだけではなく、利発で、まれに見る優しい性格で、宮廷からも民衆からも愛されていたお姫さまが、自分が王さまに会いに行ってもいいかと女王さまに尋ねました。女王さまは、自分の娘の願いを聞いて気が狂ったようになり、大声で世界全体を呪いはじめました。女王さまは一睡も出来ず、王宮をさまよいました。そして、お姫さまに自分の部屋から出ることを禁じ、交渉をすることも許しませんでした。誰も、女王さまがどうしてそんなことをするのか理解できませんでした。日一日と、王国は荒廃していきました。食べ物も水も少なくなっていきました。お姫さまは、他の人よりももっと自分の母君のお考えが分からず、禁を犯して王さまに会いに行くことにしました。ある日、忠実な侍女の助けを借りて、お姫さまは王さまの天幕に向かいました。その、この世のものとは思えぬ美しさに、王さまはお姫さまの虜《とりこ》になってしまいました。そして、こう提案しました。もしもお姫さまと結婚できたら、この王国を征服することはあきらめよう、と。お姫さまも王さまの魅力にとらわれていたので、その提案を受け入れ、二人は夜を一緒に過ごしました。明け方、お姫さまは晴れがましい顔で宮廷に戻り、母親に、王さまと会ったことを話しました。幸いにも、王さまの天幕で夜を過ごしたことは話しませんでした。女王さまは、自分の娘が王に会ったということを知っただけで、叫びだしました。女王さまはこの世のどんな不幸でも甘んじて受ける覚悟がありましたが、このことだけは起きて欲しくなかったのです！　打ちのめされて、女王さまは叫びました〈これは運命よ！　呪わしい運命！〉そう言って女王さまは気を失いました。お姫さまは、相変わらず、母親の頭の中で起こっていることが全く分からなかったので、お姫さまの生まれる前から女王さまに仕えている男を呼び、どうして母親がこんな状態になっているのかを尋ねてみました。そこで男がお姫さまに語ったのはこんな話です。〈お姫さま、あなたもご存じのように、私はあなたの父親ではありません。本当は、あなたは征服王の娘なのです。私は王の死刑執行人にしかすぎなかったのです……〉こうして男はお姫さまに本当の話をして聞かせ、この謎めいた結論で話を終えました。〈お姫さま、これが私たちの運命です。もしも私たちが真実を王に話して聞かせたら、私たちは皆、法の下に絞首刑になるでしょう。そして私たちの王国の民はみな奴隷になることでしょう。しかし王の求めに応じなければ、私たちの王国は焼きはらわれるでしょう。しかしあなたが王と結婚すれば、あなたは近親相姦を犯すことになり、これは許されざる罪です。私たちはみな呪われ神に裁かれるでしょう〉祖母はここで話を止めたの。私たちが話を続けてくれるように頼むと、祖母はこう言ったっけ。〈残念ながら、私はこの話の終わりを知らないんだよ。そして、今に至るまで、誰も最後がどうなったかを知らないんだ。最後が分かったものはあらゆる不幸から一生逃れられる、と言われているがねえ〉私はその説明に納得できなくて、もしもこの話の最後を誰も知らないなら、どの終わりが正しいのか分からないじゃないの、と聞いた。祖母は悲しげに笑って、私の額にキスをすると、言った。〈それが謎というものなんだよ。どんな終わりもありうるけれど、どれがよいもので、正しいか、と考えると……そこに謎がひそんでいるんだ〉それから私は、この話は本当のことかどうか尋ねたの。祖母はこう答えた。〈話を始めたときに、言っただろう、昔々、あるところ、ないところに、って〉私の質問は、祖母自身が祖母の祖母に聞いたもので、そのときにも同じ答えが返って来たんだって〈それが謎というものなんだよ、そこに謎がひそんでいるんだ〉。何年もの間、この話は私の頭を離れなかった。夜も眠れなかったわ。毎晩、床につくころ、私は神さまに、お話の終わりをそっと聞かせてくださいってお願いした。幸せな終わりだったって分かれば、私も幸せな人生を送ることができるのだから。私、ありとあらゆる終わりを考えたものよ。何か考えが見つかると、私は祖母のところに行ってそれを話したの。祖母は肩をすくめて言った。〈それもありえるね。それもありえる。おまえの人生の中で、それが正しかったかどうかわかるよ。おまえの人生がそれを教えてくれるんだ。でも、それが分かったとしても、誰にも言っちゃいけないよ。誰にも。だって、魔法がみなそうであるように、おまえが言ったことはなんでも本当のことになるのだから。だから、その最後はおまえのためにとっておくんだよ〉」女は食べる。一口のパン、一切れの玉ねぎ。「ある時、私はあなたのお父さんに、この話を知っているかどうか聞いたら、お父さんは知らないと言った。そこで、私はこの話をしてあげた。話が終わると、長い間黙っていたあとで、お父さんはこんな優しい言葉をくれた。〈娘や、この話に幸せな結末を見つけようと思うのは幻想だよ。幸せな結末などあり得ない。近親相姦が行なわれた以上、悲劇は避けられないのだよ〉」

通りでは、誰かが叫ぶ声。

「止まれ！」それから銃声。

逃げる足音。

女は続ける。「つまり、あなたのお父さんは私の幻想を打ち砕いてくれたの。でも、何日かして、朝早く、お父さんに朝ご飯を持って行ったときに、お父さんは一緒に座って、この物語について話そうと言ったの。一つ一つの言葉を選びながら、お父さんはこう言った。〈娘や、よく考えてみたら、おまえの言うように、幸せな解決があるかもしれない〉私はうれしくなって、その終わりを私に教えてくれるようにと、お父さんの胸に飛び込んで手足に口づけをしようと思ったくらいだった。私はあなたのお母さんのことも朝ご飯のことも忘れて、お父さんの前に座った。その時、私の身体は一つの大きな耳になって、他のどんな声も、音も聞こえなかった。あなたのお父さんの、震える、賢い声しか聞こえなかった。その声は、熱いお茶を一口飲んでから、こう告げたの。〈娘よ、この話が幸せな結末を迎えるためには、人生がそうであるように、犠牲が必要になる。要するに、誰かが不幸になる、ということだ。誰かが不幸にならないような幸福などありえない、ということは忘れてはいけないよ〉私は若かったから、驚いてこう聞いた。〈でも、どうして〉わかりやすい言葉で、お父さんはこう答えた。〈娘よ、不幸にしてか、または幸運にも、みんなが幸せにたどり着けるわけではない。それは現実でも物語でもそうだ。誰かの幸せは他の人の不幸を産む。悲しいことだが、そういうものなのだ。この話の中では、おまえが幸せな結末にたどり着きたいならば、不幸と犠牲が必要なのだ。おまえが自分に向ける愛、おまえが近しい人に与える愛のせいで、おまえはそのことを考えられずにいるんだよ。この話には一人死人が出なければならない。誰を殺すのか。それに答える前に、誰かを殺す前に、おまえはもう一つ別の質問をしなければならない。おまえは、誰が生きて幸せでいて欲しいと思うね。父王か、母王妃か、それとも娘の王女か。この問いかけですべてが変わってくるだろう。おまえも、この話も。そのためには、おまえは三つの愛から自らを引き離さなければならないよ。それは、自己愛、父への愛、母への愛だ〉私は尋ねたの。〈どうして?〉お父さんは眼鏡の後ろで光る澄んだ目で私を長い間何も言わずに見てた。お父さんはきっと、どういう言い方をしたら私が分かるかって考えていたのだと思う。〈もしおまえが娘の側につくなら、おまえの自分への愛は娘が自殺を考えることを禁じるだろう。同じように、父への愛は、娘が結婚に同意するという考えを禁じるだろうし、結婚の日、初夜の床で娘が自分の父親を殺すと想像することを禁じるだろう。最後に、母への愛のせいで、王妃を殺して、真実を隠し娘が王と一緒に暮らすことなど考えられなくなるだろう〉そしてお父さんは私にしばらく考える時間をくれた。それからもう一口お茶を飲むと、こう続けたの。〈同じように、もし私が父としてこの話の結末を考えるとするなら、それは法の厳正な遵守ということになるだろう。私は、裏切り者が罰せられ、近親相姦の秘密がいつまでも守られるように、王妃と王女、死刑執行人の首をはねるよう命じるだろう〉私はお父さんに聞いた。〈母親の立場からなら、どんな最後を提案するでしょうか〉いかにもあの人らしい小さなほほえみの後、お父さんはこう言ったの。〈娘よ、私は母性については何も知らないし、だから解決策を考えつくことはできない。おまえ自身が今は母親なのだから、おまえが私にどんな最後がいいかを言ってくれるべきだろうね。しかし、私の方が長く生きているという点から話すならば、この王妃のような母親は、秘密を暴くくらいだったら自分の王国が滅ぼされ、その民が奴隷になる方をえらぶことだろう。母親は道徳に従って行動する。母親は娘が父親と結婚することを禁じる〉お父さんの賢い言葉には胸を衝かれた。どうにかして円満な解決を探そうとしていた私は、そんな終わりが可能なのかどうかお父さんに尋ねた。最初お父さんは可能だと言ったのでほっとしたけれど、すぐに、こう聞き返してきた。〈言ってごらん、この話の中で、誰が許す力を持っていると思うね〉私は単純にこう答えた。〈それはお父さんでしょう〉頭を振って、お父さんはこう言った。〈しかし、父親は、自分たちの子供を殺し、他の国に攻めこんで街を破壊し、人々を殺し、さらに近親相姦を犯したために、王妃と同じくらい罪が深い。王妃はといえば、彼女は王を裏切り、法を犯したが、忘れてはいけないのは、彼女自身、娘と死刑執行人に裏切られたということだ〉その場を離れる前に、私はがっかりして最後にこう言った。〈それじゃ、幸せな終わりなんてありえないじゃないですか！〉お父さんはこう言った。〈いや、ありうる。しかし、私が言ったように、犠牲者が必要なことは仕方がないとして、さらに、三つの事柄をあきらめるという条件があってのことだ。それは、自己愛、父親の法、母親の道徳だ〉私はすっかりうろたえて、そんなことは本当に可能なのかと尋ねた。お父さんはただこう答えただけだった。〈それは、試してみなければならないよ〉この会話にすっかり心を乱されて、何か月も、私はそのことばかり考えていた。私は、ただ一つのことのせいで自分が動揺してるんだって分かったの。それはお父さんが話したことがみな真実だということ。お父さんは本当に人生について何でもよく知っていたから」

またパンを一切れ、そして玉ねぎを一枚、女はやっとのことで飲み込む。

「あなたのお父さんのことを考えると、あなたのお母さんのことがますます嫌いになる。お母さんは、お父さんを小さな湿った部屋に閉じ込めて、お父さんは筵《むしろ》の上に寝ていたの。

あなたの兄弟たちは、お父さんが偉大な英知に達したということだけで、お父さんを気狂いあつかいしていた。誰もお父さんのことを理解しなかった。最初は、私も、お父さんがこわかった。お母さんやあなたの兄弟たちがお父さんについてあれこれ話していたことのせいではなく、私の叔母がその舅《しゅうと》に受けた仕打ちのせいで。でも、少しずつ私はお父さんに近づいていった。おそるおそる、でも、わけの分からない好奇心のせいで、惹かれていたの。どう言葉にしたらよいか分からないような。期待に感情が高ぶるような、そんな好奇心。もしかしたら、私の中にあったそういう部分が、叔母に刺激されて、私をあなたのお父さんに近づかせたのかもしれない。叔母と同じ体験をしたいという。恐ろしいことじゃない？」

心を動かされ、思いにふけり、女は玉ねぎと堅いパンを食べ終える。
息を吹きかけてランプを消す。
横になる。
そして眠る。

武器が戦いに飽き、静寂が戻った時、夜明けが来る。灰色で、静かな。

礼拝への呼びかけの後、何呼吸か分の時が過ぎて、おぼつかない足音が中庭のぬかるんだ通路に響く。誰かが家に近づき、廊下につながる扉をたたく。女は目を開ける。待つ。まだたたいている。女は腰を上げる。半分眠ったまま。窓の方に行って、律儀に扉をたたき続けているのは誰か、確かめようとする。

夜明けの、鉛のように重い霧を通して、女はターバンをつけ武器を手にした影を認める。「どなた?」女が発した声に誘われるように、人影は窓に近づく。ターバンの裾に顔を隠し、その声は人影よりなお頼りなく、どもっている。「は……はいっても、い、いい、かな」それは昨日と同じ若者のかすれた声だった。女はあの若者かどうか確かめようとしたが、灰色の弱い光のせいでそれはできなかった。女はまずうなずいて見せ、それからつけ加える。「扉は開いていますよ」女は窓の側にとどまったまま、人影が壁を伝い、廊下を通り、部屋の敷居まで来るのを目で追う。同じ服装。たたずむ仕草も同じ。同じぎこちなさ。彼だ。間違いない。昨日と同じ若者だ。女はいぶかしみながら待つ。若者はなかなか部屋の中に入れないでいる。入り口に立って、若者はこう聞こうとしている。「い、い、いくら、かな」女は若者が口の中でなにやら言っている言葉がまるで聞き取れない。

「何の用」

「い……」声はかすれる。口調が早まる。「い……い……いくら?」どもりは相変わらずだ。

息を詰めて、女は若者の方に一歩近づく。「いいこと、あなた何か勘違いしてる。私は、そんな」若者が大声でさえぎる。若者は始め乱暴に「だ……だ……だまれ!」と言うと少し落ち着きを取り戻して「いく……いくら?」女は後ずさりしようとするが、銃口が自分の腹に当てられているのでそれもままならない。若者を落ち着かせるために時間をとりながら、女は優しく言う。「私は母親なのよ……」しかし若者が指を引き金にかけたので、女は話を続けることが出来ない。あきらめて、女はこう聞く。「あなた今いくら持ってるの」若者は震える手でポケットから札を何枚か出すと足下に投げ出す。女は一歩退き、振り返って素早く納戸の方を見る。緑のカーテンは半ば開いている。しかし、部屋が暗いので、男が中にいるとは誰も疑わないだろう。女は床に横たわる。仰向けになって若者の方を向き、女は脚を広げる。そして待つ。若者は身動きできずにいる。「ほら、来て早く終えてよ」女はせかす。

若者は武器をドアのところに置き、不確かな足取りで近づき、女の上にのしかかる。身体の内側からの震えで若者の息はとぎれとぎれになる。女は目をつむる。

荒々しく、若者は女の上に乗りかかる。「もっとやさしく!」女は息苦しくなって言う。

若者は興奮しすぎて、不器用に女の太ももをつかむ。女は石のように固まって、この不器用な若い身体の熱狂的な動きの下で硬直している。若者は頭を女の髪に埋め、必死に女の下穿きを脱がそうとしている。女は最終的に自分で脱ぐ。若者の下穿きを脱がせる。そして、ペニスが女の太ももに触れるか触れないかのうちに、若者は女の髪に顔を埋めたまま声にならないこもったうめき声を上げ、女は青白い顔でじっと目を閉じている。


若者は動かない。女も動かない。

若者は重い息をする。女もまた。


しばらくの間、どちらもじっと動かずにいる。ついに室内に微風が流れ、カーテンを揺らす。女はやっと目を開く。女の声は弱々しいが穏やかに、こうささやく。「終わった?」若者の傷ついた声が女を揺さぶる。「だ……だ、だまれ!」若者は顔を上げる勇気がなく、女の黒髪に頭を埋めたままでいる。その息は次第に静かになる。

女は、静かに、緑のカーテンの隙間にひどく悲しい視線を向けている。

二つの身体が絡み合ったまま、地に縛り付けられたように、その後もずっと固まったたままでいる。微風が再びその身体の塊に新しい動きを作り出す。女の方が動く。女はおずおずと若者をなでる。

若者は拒否しない。女は若者をなで続ける。母性的な優しさで。「たいしたことないわよ」女はなぐさめる。若者の反応はない。女はなおも言う。「誰にでもあることよ」それから、慎重に。「これが……初めてなの？」三呼吸分の、長い、ゆっくりとした沈黙の後で、男は女の髪に顔を埋めたまま、おどおどと、追いつめられたようにうなずく。女の手は若者の頭の方にまで移動し、ターバンに触れる。「いつかはしなければならなかったものね」女は素早く周囲を見回し、武器がどこにあるかを確かめる。武器は離れたところにある。それからじっと動かないでいる若者の方を向く。そろそろと足を動かす。若者は逆らわない。「そろそろ起きましょう」若者は答えない。「言ったように、誰にでもあることなんだから……起こしてあげる」そして女はゆっくりと右肩を起こして横向きになり、若者の疲れ切った身体から離れる。そうしてから、女は下穿きをはこうと、まず股の内側を自分の服の裾で拭き、それから座る。若者もようやく身体を動かす。女と視線を合わせるのを避けて、若者は下着を引っ張ると、女に背を向けて座り、銃に目を据えている。ターバンはほどけて、顔が露わになっている。明るく大きな目で、目の周りは消し炭で黒く塗ってある。美しい顔の若者だ。面長でつやつやとした顔立ちをしている。髭はほとんどない。またはごく若いのだろう。「家族はいるの？」女は若者に感情を見せないように聞く。若者は首を振り、素早くターバンを巻いて顔の半分を再び隠す。そして機敏に身を起こし、武器を手に取り、足早に家から逃げ去る。

女は動かない。しばらくそこに留まったまま、緑のカーテンの方は見ずにいる。目は涙でぬれている。身体を二つに折り、ひざを抱え、頭をひざの間に入れ、声を振り絞る。一度だけ、引き裂かれるような叫び。

その叫びに応えるかのように、微風が立ってカーテンを持ち上げ、灰色の霧を部屋に呼び込む。

女は再び身体を起こす。ゆっくりと。腰は上げない。相変わらず緑のカーテンの方は見ない。見る勇気がない。

女は目をしわくちゃの紙幣のほうにやる。札は微風に散らばる。

寒さのせいか、動揺したせいか、涙か、恐れかのせいで女の息は切れる。女は震える。

女はやっと腰を上げ、急いで廊下に出る。洗面所の方へ。女は身体を洗い、服を着替える。そしてまた部屋に戻る。緑と白の服を着て。先ほどより少し落ち着いた様子で。女は金を拾い集めると、納戸の前のいつもの場所に戻る。半開きのカーテンを閉める、虚ろな目つきの男とは目をあわせないまま。

静かに何呼吸かした後で、苦笑いが突然女の腹からこみ上げ、唇を振るわせる。「ほらね……他人にだけ起こることじゃない……遅かれ早かれ、私たちにも起こることだったのよ……」

女は札を数え、「気の毒な子」とつぶやいてポケットに入れる。「時々、男であることはつらいと思うことがあるの。違う？」女は、間をおく。考えるためにか、それとも答えを待ってのことか。それから、同じ、わざとらしい笑顔を浮かべる。「あの子を見て、私たちの最初の時を思い出した……こんな言い方をしてごめんなさい。あなたもよく知ってるように、私の思い出はいつも、待っていないところに現れるの。そうでなければ、もう待たなくなった時にやってくる。どうしようと、思い出は私に襲いかかる。よい思い出も、わるい思い出も。滑稽な瞬間を作り出すことがある。さっきのように……あの子がショックを受けていたとき、突然、私たちの、遅ればせの初夜のことを思い出したの。誓ってもいいけれど、わざとあなたのことを思い出したわけじゃない。あなたも、あの子と同じように不器用だった。もちろん、あの頃、私は何も知らなかった。私は、そういう風にするものだと思っていた、あなたがしていたようにするものなんだと。でも、あなたが満足していないかもしれないと感じるときがよくあった。それで、私は自分を責めた。私のせいだと思ったの、どうやってしたらいいか分からないせいだと。一年経ってやっと、そうじゃなくて、全部あなたのせいなんだって分かった。あなたは与えることを知らなかった。何も。思い出して、幾晩も、あなたは私を抱きながらも、私を置き去りにして……混乱の中に……。女の抱き方を知らない者が戦争をするって叔母は言っていたけれど、本当ね」女は話しつづけることを自分に禁じる。

女は長い間黙っている。それから不意に、「そう、教えて、あなたにとって歓びって何なの。あなたの汚れがはき出されるのを見ること、それとも〈貞操の幕〉を破って血が流れるのを見ること？」

女はうなだれ、唇の内側をかむ。怒りに震えて。怒りは女の手をとらえ、つかみ、そのせいで女の手は固く握りしめられ壁をたたく。女はうめく。

黙り込む。

「ごめんなさい。こんな風に……あなたに話すのは初めて……恥ずべきことだわ。どこからこんなことが急に出てくるのか分からないの。前には、こんなことはみんな、まったく考えもしなかった。信じてね、決して考えなかったの」少し間をおいて、女はつづける。「あなただけが感じているのを見ていたときにも、それでいやな気持ちにはならなかった。あなたが感じているので私もうれしかった。男と女ってそう言うものだと思っていた。それが性の違いだって。あなたたち男は性的な快楽を得て、私たち女はそれを見て歓ぶものだって。それでよかったの。そして、思ってた、自分を感じさせられるのは自分だけなんだって……触ることで」女の唇から血が出る。女はそれを薬指と、それから舌でぬぐう。「ある晩、あなたは私に不意打ちを食らわせたことがあった。あなたは眠っていた。私はあなたに背を向けて自分を愛撫していた。多分私の息づかいがあなたを起こしてしまったのね。あなたは飛び起きて、何をしているのかと聞いた。私はほてっていて、震えていたから……それで、私は、熱があるんだと言った。それをあなたは信じた。でもあなたは私を他の部屋で子どもたちと一緒に寝るようにと追いはらった。なんて男！」女は黙る、恐れからか恥じらいからかで。女の頬が赤みを帯び、首まで赤くなる。そのまなざしは夢見がちに閉じられたまぶたの裏に隠れている。

女は身軽に立ち上がる。「さあ、もう行かなきゃ。子どもと叔母が心配するわ」

家を出る前に、女は点滴バッグに液を満たし、男にシーツをかけ、戸締まりをし、それからヴェールを被って外へと姿を消す。

部屋も、家も、庭も、すべてが、霧をまとい、灰色で陰鬱な覆いの下に見えなくなってしまう。

何も起こらない。動くものは何もない、しばらく前から天井の腐りかけた梁に住みついている一匹の蜘蛛を除いては。蜘蛛の動きは鈍く、遅い。壁の上の方を一回りしてから、蜘蛛は巣に戻る。

外では、
時として銃声。
時として祈り。

時として、静寂。

夕刻、誰かが廊下側の扉をたたく。
応える声はない。
扉はたたかれ続ける。
扉を開ける手はない。
立ち去る足音。

夜が来て、また遠ざかる。雲と霧を連れて。

太陽が戻ってくる。陽の光とともに、女が部屋に戻ってくる。

女は一通り部屋を見回すと、手提げ袋から新しい点滴液のバッグと目薬を取り出す。そしてカーテンを思い切り開けて自分の夫を見いだす。男の目は半ば開かれている。女は男の口からチューブを引き抜くと、顔を水平にして、目薬を注す。一滴、二滴。一滴、二滴。それから、女は部屋を離れて、水を満たしたプラスチックのたらいとタオル、衣服を持って戻ってくる。女は男の身体を洗い、着替えさせ、また元の場所に横たわらせる。男の袖を慎重にまくると、女はまず男のひじの裏を拭き、そこにカテーテルを挿し、液の落ちる速さを調節し、それから、部屋の外に持って行かなければならないものすべてを手にして部屋を去る。

女が下着を洗濯している音がきこえる。それを陽の光のもとに干す。それからほうきを持って部屋に戻ってくる。女はキリムやマットレスを掃く。

女が掃除をまだ終えないうちに、誰かが扉をたたく。舞い上がった埃を抜けて、女は窓に近寄る。「どなた?」それはまたもや、パトゥに身を包んだあの無口な若者だった。女はがっくりと腕をおろす。「これ以上何をしたいの」若者は女に何枚かの札を差し出す。女は動かない。何も言わずに。若者は家に入り、廊下の方へ進む。女はその後に続く。男と女は、聞き取れないような言葉でささやきあうと、別の部屋へと消える。

しばらくは、沈黙が続いているだけ、それから次第にささやき声が聞こえ……そして最後に、こもったうめき声がする。そして再び、沈黙。しばらくの間。それからドアが開く音。急いで外に出ていく音。

女は洗面所に行き、身体を洗い、恥ずかしそうに部屋へ戻ってくる。掃除を終えて部屋を出る。

女の足音は台所の石の床に響く。そこでは、煮炊きをする音が少しずつ大きくなり、家中に広がっていく。

昼食を準備してから、女はそれを食べるために、鍋ごと部屋に持ってくる。

女は落ち着いていて穏やかだ。

ひと口食べてから女は言う、「気の毒になったの、あの子が」唐突に言葉が口をついて出る、「でもあの子を受け入れるのはそのせいじゃない。大体、今日私はあの子を傷つけてしまって、すんでのところであの子は出て行くところだった。私が突然はじかれたように笑ったから、あの子は私が馬鹿にしてるのだと思ったのね……もちろんそれもあったけれど、それは私のあの叔母のせい。あの人、昨日私にとんでもないことを言ったのよ。私があの、どもっていて、すぐいってしまう子のことを叔母に話したら、叔母ったら……」私

女は今度は声を出して笑い、そのせいで話が一時とぎれる。女は続きを話す。「舌でセックスをしてペニスで話したらってあの子に言えば、って言うの」女はふきだし、涙をふい

て、「あの最中にそんなことを考えるなんてひどいけど……他にどうしろっていうの。あの子がどもり始めたとたん、叔母の言葉を思い出してしまったの。それで、私は笑って、あの子はうろたえてしまって……私は自分を抑えようとしたけれど、無理だった。反対にひどくなる一方で……でも幸運なことに」一息ついて、「または不幸なことに、突然、私の考えはよそに行ってしまったの」また間をおいて、「私はあなたのことを考えたの……それで、笑いはすぐに止まった。そうじゃなかったら、ひどいことになったでしょうね……若い子を傷つけてはいけないもの。男のいちもつを馬鹿にしてはいけない、だって男たちは自分の男らしさとあれが勃つこと、その大きさ、それに果てるまでの時間の長さを結びつけているから。でもね」女は自分の考えを押しとどめる。頬が真っ赤になってている。深く息をする。「とにかく、それは済んだこと……もう少しで大変なことになるところだった。そんなことばっかり」

女は昼食を終える。

台所に鍋を置きに行った後、女は戻ってきてマットレスの上に横たわる。目をひじで隠し、長い間黙ったまま、何かを考え続け、それからまた告白する。「そう、あの子は他のことでもあなたを思い出させた。もう一度言うけれど、あの子はあなたと同じくらい不器用だった。違うのは、あの子はまだ始めたばかりで、すぐにいろいろなことを覚えるということ。でも、あなたは、あなたは決して変わらなかった。あの子には、何をどうしたらいいか教えることが出来る。でももしあなたにそんなことを頼んだら……考えたくもない、顔が変わるほど殴られるでしょうよ。これほどはっきりしたことはないというのに……身体の声を聞けばいいだけなのに。でも、あなたは一度も聞かなかった。あなたは自分の魂の声しか聞かなかった」女は再び身を起こし、緑のカーテンに向かって荒々しい声をかける。「それで、魂の声を聞いた果てがこのざまよ。生きる屍《しかばね》！」女は納戸に近づく。「その呪われた魂とやらのせいで、あなたは地べたにくくりつけられているのよ、サンゲ・サブール！」息をついで、「それで、今日私を守ってくれるのはその間抜けな魂なんかじゃない。それが子どもを養っている訳でもない」女はカーテンを開ける。「あなた、自分の魂が今どうなっていて、どこにいるか知ってる？　あなたの魂はね、ここに、あなたの上にぶら下がっているのよ」女は点滴バッグを指さす。「そう、魂はこの点滴液の中にあって、他にはどこにもないの」女は深く息を吸い込む。「〈わが魂がわが誇りをあたえ、わが魂を守るはわが誇り〉なんて、いい加減なこと言って。見なさいよ、あなたのごりっぱな誇りはたった十六歳の子どもに抱かれたのよ。あなたの誇りとやらは、魂と交わってるのよ！」はっきりした動きで、女は男の手を取り、持ち上げて言う。「今となっては、あなたの身体があなたを裁いている。あなたの身体はあなたの魂を裁く。そのせいであなたの身体は苦しまない。だってあなたの魂が苦しんでいるから。ぶら下げられた魂がすべてを見て、すべてを聞き、でも何も出来ずに、あなたの身体はどうすることもできないのよ」女は男の手を離し、その手はだらしなくマットレスの上に落ちる。含み笑いをしながら、女は壁に倒れかかりそうになるが、何とかとどまっている。「あなたの誇りなんて、ただの肉切れでしかないわ。あなた自身、その言葉を使ったでしょう。私に何か着せようとして、あなたは叫んだわね。〈おまえの肉切れを隠せ！〉って。実際、私はあなたの汚らわしいものを押し込むための肉切れでしかなかった。切り裂き、血を流させるための」息を切らせて、女は黙り込む。

それから、女はいきなり立ち上がる。部屋を出る。女が廊下を行ったり来たりし、こう言う声が聞こえてくる。「私、どうしたって言うの、何を言っているの？　なぜ、どうして？　正気じゃない、こんなの正気じゃないわ……」女は部屋に戻る。「私じゃない。こんなの私じゃない。私の代わりに誰かが話しているんだ……私の舌を勝手に使って。私の身体に入り込んできて……私、取り憑《つ》かれている。本当に、悪魔が私の中にいるんだ。それがしゃべっているんだ。あの子とやったのもその悪魔……あの子の震える手を取って私の胸に当てたり……私の胸や、股の間に入れたり……みんな、悪魔のせい！　私じゃない。私からそれを追い出さなければ。賢人ハキームか、モッラーに会いに行って、すべて告白しなければ。私に取り憑いたその悪魔を祓《はら》ってもらえるように。父さんは正しかった。あの猫が私に取り憑いているんだ。あの猫が、鶉《うずら》のかごを開けるようにし向けたんだ。私は取り憑かれている、それもずっと前から」女は男のいる納戸に身を投げ、泣く。「私が話しているんじゃない。悪魔の力にやられているの……私じゃないのよ……コーランはどこ？」女は半狂乱になっている。「コーランまで盗んだんだ、その悪魔は！　それの仕業なんだ。そう、悪魔が、羽も盗んだんだ、呪われた羽を」

女はマットレスの下を探す。黒い数珠を見つける。「アッラー、あなただけが悪魔を遠ざけてくれるのです。アル・ムアッヒル、アル・ムアッヒル……」数珠をたぐり、「アル・ムアッヒル……」ヴェールを拾い、「アル・ムアッヒル……」外に出る、「アル・ムアッヒル……」

女の声はもう聞こえない。

女は戻ってこない。

夕暮れが夜に変わる頃、誰かが中庭に入ってきて廊下の入り口の扉をたたく。応えるものは誰もない、開けるものは誰もない。しかし、今回は、侵入者は庭に留まっているようだ。木ぎれを踏み折る音、石同士がこすれあって立てる音が家の壁に反響する。何か盗んでいるのかもしれない。または破壊しているのか。または造り上げているのか。女は明日それを知るだろう、カーテンの黄色と青の穴から陽の光が差し込んでくる頃、女が戻ってくるときに。

夜が訪れる。

庭は暗くなる。侵入者は立ち去る。

日が昇る。女が戻ってくる。

青白い顔で、女は部屋のドアを開け、誰かが入ってきた形跡がないかどうか確かめるために立ち止まる。そのような跡は何もない。とまどって、女は部屋に入り、緑のカーテンのところまで来る。カーテンをそっと開ける。男は相変わらずそこにいる。目を開いて。同じ呼吸のリズムで。点滴バッグは半分空になっている。水滴は、前のように、呼吸と同じ間隔で、または女の指の間にある黒い数珠が繰られるのと同じ間隔で落ちている。

女はマットレスの上に倒れ込む。「誰かが通りの方の扉を直したの？」壁に向けられる問い。空しい期待。いつものように。

女は立ち上がり、部屋を出て、うろたえながら他の部屋と地下室を点検する。また上がってくる。当惑して。「誰も入り込んでいないのに！」大きくなる一方の無力さにとらえられて、女はマットレスの上につっぷす。

それきり、

何の言葉もない。

数珠をたぐる他は何の動作もない。三周。二百九十七回たぐる間。二百九十七回息をする間。神のどんな異名も唱えられないまま。

四周目にはいる前に、突然、女はまた話し始める。「今朝、父がまた私に会いに来たの……でも今回は、父がコーランのしおりに使っていた孔雀の羽を盗まれたことを非難しに来たの。私は震え上がった。父はひどく怒っていて、私は怖かった」その恐れはいまも、落ち着かず部屋の隅に逃げている女のまなざしに浮かんでいる。「でも、ずっと昔……」女は身体を揺すり、何かを決心したような口調で言う。「ずっと昔、私、あの孔雀の羽を盗んだの」やにわに女は身を起こす。「私、気が狂ってる」女はつぶやく、最初は静かに、すぐ後には、神経質に。「私、気が狂ってる。落ち着かなくちゃ。黙らなくちゃ」女はひと所にとどまっていることが出来ない。女は絶えず動きまわり、親指をかむ。まなざしはせわしなくあちこちに向けられる。「そう、あのいまいましい孔雀の羽の話……そう。そのせいで私こんなにおかしくなっている。あの孔雀の羽のせいで。もともと、それは夢でしかなかったんだ。そう、夢、とても変な。私が長女を身ごもったときに毎晩見た夢……毎晩、私は悪夢にうなされた。息子を産んでいる途中の自分自身を夢に見ていた。生まれたてなのにもう歯があって、話すことの出来る息子……わたしのおじいさんの面影のある息子……その夢のせいで私はうなされ、おびえていた……その子どもは、私のもっとも深刻な秘密を知っていると言ってたの」女はぴたりと動かなくなる。「そう、私のもっとも大事な秘密。もしその子に欲しいものをあげなかったら、子どもは私の秘密をみんなに話したでしょう。最初の晩、子どもは私の胸が欲しいといった。歯が生えていたので、私はその子に乳をやりたくなかった……そうしたら、その子は泣き叫びだしたの」震える手で、女は耳をふさぐ。「私には今でもその叫び声が聞こえる。それから息子は私の秘密の冒頭の部分を話し始めたので、私はあきらめて、乳房を差し出した。息子は乳を吸い、歯でかんだ……私は叫んだ……私は眠りながら泣いていた……」女は男に背を向け、窓の方を向いている。「あなたも覚えているでしょう。だってその晩も、あなたは私をベッドから追い出したから。私は一晩台所で過ごしたのよ」女は渡り鳥の柄のカーテンの下に座っている。「別の晩、私はまたその子の夢を見た……その時は、息子は私に、父の孔雀の羽を持ってくるように命じた……でも」誰かが扉をたたく。女は、自分の夢から、自分の秘密から出て、立ってカーテンを開ける。またあの若者だ。女はきっぱりと若者に言う。「今日はだめよ。だって」若者はその切れ切れの言葉で女の言葉をさえぎる。「と、扉を……なおし、て……おいた」女の身体は緊張を解く。「そう、あなただったの。ありがとう」若者は女が中に入れてくれるのを待つ。女は何も言わない。「は、入っても……」女はうんざりして答える。「言ったでしょ、今日はだめだって」若者は近づく。「そ、そんなんじゃ、な、なくて」女は首を振るとこうつけ加える。「お客さんがくるのよ」若者はなおも一歩進む。「べ、別に……なにも……」女はいらついて若者の言葉をさえぎる。「あなたはいい子ね、でも、私も働かなければならないのよ」若者は早く話そうと努力をするが、そのためにかえってどもってしまう。「は、は、はたら……いちゃ、ちゃだめだ」若者はあきらめる。後ずさって、だだをこねる子どものように、ふてくされて壁際に座り込む。どうしていいか分からず、女は廊下の入り口の扉の前に出て行く。「ねえ、今日の午後か、明日来て……でも、今はだめ」若者は、少し落ち着いて、しかしなおも言う。「は、はなし……た、たいことが……」女は結局、若者の言葉を受け入れる。

若者と女は家の中に入り、一室に閉じこもる。二人のひそひそ声だけが響き、家を、庭を、通りを、そして街自体をいっそう陰気にしてしまう。

一時、ひそひそ声は止み、長い沈黙が支配する。それから突然、乱暴に扉を開ける音。若者のすすり泣きが廊下を走り、ついで中庭を、そしてついに通りに消える。それから、女の怒ったような足音が部屋に入ってくる。「畜生、あの最低野郎！」女は部屋を何度も大股で行ったり来たりし、それから腰をおろす。顔色は真っ青だ。怒り狂って、女は言葉を続ける。「そういえば、私が娼婦だと言ったとき、あの下司野郎は私の顔につばを吐きつけたのよ！」女は姿勢を正す。身体も声も憎しみに満ちている。女は緑のカーテンの方に進む。「ねえ、この間、あの気の毒な子と一緒にここに来て、私をありとあらゆる言葉でののしったやつだけど、あいつ自身、何をしてたか知ってる？」女はカーテンの前でしゃがみ込む。「あいつはあの子を自分の快楽に使っていたの。まだあの子が小さかったときに誘拐して。あの子は通りで生活していた孤児だった。あいつはあの子を育てて、昼間はカラシニコフを持たせ、夜は足に鈴をつけて、踊らせた。最低なやつよ！」女は壁から離れ、火薬と煙の吐き出された重い空気を何度か深く吸い込む。「あの子の身体はすっかり傷つけられていた。やけどの痕《あと》が至るところにあった、太ももに、おしりに……ひどすぎる！　あいつはあの子の身体に焼けた銃口を押しつけたのよ」女の涙は頬を伝い、唇の端、泣き顔に現れるしわにそって落ち、あごを流れ、喉元に滑り込み、胸にまで続く。そこから女の叫びが出てくる。「汚らわしい、卑劣なやつら！」

女は外に出る。
何も言わずに。
何も見ずに。
何にも触らずに。

女は次の日になってやっと戻ってくる。

変わったことは何もない。
男は――女の夫は――まだ息をしている。
女は男の点滴バッグを新しいものと換える。
目薬を注す。一滴、二滴。一滴、二滴。

それだけ。

女はマットレスの上に足を組んで座っている。プラスチックの袋から女は一枚の布と、二枚の小さいブラウスと、裁縫袋を出し、裁縫袋の中からはさみを探す。女は布を小さく切ってブラウスを繕う。

時折、女は緑のカーテンの方をちらりと見やるが、女がその不安そうな視線をより頻繁に向けるのは渡り鳥の柄のカーテンの方で、それはわざと少しだけ開けられて、中庭が見えるようになっている。少しでも音がすると、女は動きを止める。頭を上げて、誰かが入ってきたかどうか確かめようとする。

いや、誰も来てはいない。


いつものように、正午になると、モッラーの礼拝を呼びかける声がする。今日は、モッラーは神の啓示について説教をしている。「〈誦《よ》め！　創造の主の御名において、人間を種子から創られた主の名において。誦め！　汝の主は全善の持ち主、文字にて教えをお示しになり、人間に未知なることをお教えになった〉信徒たち、これはコーランの原点となる章句、大天使ジブリールが預言者になしたものである……」女は立ち止まり、続きを聞こうと耳を澄ます。「この、アッラーの御使いがヒラーの洞窟の中で瞑想をしようと、光明山深くにおこもりになったときに、我らが預言者は書くことも読むこともできなかった。しかしこの章のおかげで、預言者はすべてを学んだのだ。我らが神は、その御使いに関してこのようなことを言っている。〈神はおまえに聖なる書をつかわし、そこには今までに啓示されてきたことの証として真理が書かれている。神はかつてトーラーと福音書を人間を導くものとしてお遣わしになられた……〉」女は再び縫い物に取りかかる。モッラーは説教を続ける。「〈ムハンマドは神の御使いであり、先立つ預言者の後に来る者である……〉」女はまた縫い物を置き、コーランの言葉に集中する。「我らが預言者であるムハンマドはこう言っておられる。〈私は自分に対して役立ったり害を加えたりする力がない、ただアッラーがそれを望む時を除いては。もし私が隠されているもののことを本当に知っていたのなら、善を完璧に自分のものにし、悪も私に訪れることがないのだろうが……〉」女は続きを聞いていない。女の視線はブラウスの襞の中にもぐり込む。長い間があってから、女は頭を上げ、夢見るような声でこう言う。「今の言葉はみんな、あなたのお父さんから習った。お父さんは私にいつも、これはおもしろい箇所だと言って私に話してくれたものだった。その目はいたずらっぽく輝いていた。その髭が震えていた。そしてお父さんの声は小さく湿った部屋に響いた。お父さんはこう言っていた。〈ある日、瞑想のあとで、ムハンマド――平安あれ！――は、山を離れ、ハディージャのもとに来てこう言った。『ハディージャ、私は気がふれてしまうのに違いない』妻はこう尋ねた。『どうしてそんなことを言うの』彼はこう答えた。『なぜなら、憑かれた者特有の徴が自分に現れていると思うからだ。通りを歩くと、石や壁の声が聞こえるし、夜になると、巨大な存在が自分の前に来る。その存在は大きい。とても大きい。頭は空に届き、足は常に地上にある。それがなんだかわからない。そして毎回、その存在は、私を捉えるかのように近づいてくるのだ』ハディージャは夫をなぐさめ、今度その存在が現れたら、自分に知らせるようにと頼む。ある日、ハディージャと家にいたとき、ムハンマドは叫ぶ。『ハディージャ、あの存在が現れた、今それが見える！』ハディージャは彼に近づき、座り、胸にかき抱き、こう尋ねる。『まだそれが見える？』ムハンマドは言う。『まだ見える』ハディージャはヴェールを取り、顔と髪がすっかり見えるようにし、なおも聞く。『どう、今は』ムハンマドは答える。『いや、ハディージャ、もう見えない』そこで妻は彼に言う。『よかったわね、ムハンマド、それは巨大なジンや魔物ではなく、天使よ。もしそれが魔物だったら、私の髪には敬意をはらわず、消えることはなかったでしょう』〉そして、この話に、あなたのお父さんは、それがハディージャの使命だったのだとつけくわえた。つまり、ムハンマドにその預言の意味を啓示し、迷いから解き放ち、物事の外見があたえる幻影、悪魔の偶像から引き離すこと……彼女自身が、使いであり、預言者であったにちがいないわ」
女はそこで話を止め、長い間瞑想にふける。ゆっくりと小さいブラウスの繕いをまた続けながら。

女は長い間黙っていたが、指を針で突いてしまい、鋭い叫び声を立てる。女は血を吸い取ってまた縫い始める。「今朝ね……父がまた私の部屋に来たの。その手にはコーランを、私の、ここにあったコーランを持っていた……父があのコーランを持って行ったの。それで、父は孔雀の羽がどこにあるのか聞きに来たの、コーランの中にはもう入ってなかったから。父は、あの子、私が家に入れた子が羽を盗んだんだ、って言った。あの子が来たら絶対に聞かなくっちゃ」女は立ち上がり、窓の方へ行く。「来てくれるといいんだけど」

女は家の外へ出る。足音が中庭を通り、通りに抜ける扉の後ろで止まる。おそらく通りに目をやっているのだろう。何もない。沈黙。誰も、通りを行く人の影さえもない。また戻る。外で、窓の前で待っている。その姿が黄色と青の空に飛翔の姿勢のままで静止している渡り鳥をかすめる。

太陽が傾く。
女は子どもの元へ戻らなければならない。
家を出る前に、女は部屋に戻っていつもの作業を終える。
それから女は出かける。

この晩、撃ち合いはない。
月の寒々しく白々とした光の下で、野良犬が街のそこここでほえている。夜明けまで。
野良犬は腹を空かせているのだ。
この晩は、死人が出ない。

朝になる頃、誰かが通りに面した扉をたたく、それから扉を開けて中庭に入る。廊下に続く扉のところまで行く。何かを地べたにおいて、立ち去る。

点滴バッグの最後の一滴が流れ落ち、男の静脈に入るためにチューブを進んでいく頃、女が戻ってくる。
今までにないほど疲れた顔で、女は部屋に戻ってくる。その目は暗く、曇っている。顔色は青白く、かすみがかかったようだ。唇には張りがなく、白茶けている。女はヴェールを部屋の隅に放り投げ、赤と白の林檎の花柄の風呂敷包みを持ったまま部屋の奥に行く。男の状態を確認する。いつものように男に話しかける。「また誰かが来てこの風呂敷包みを扉の前に置いていったの」女は風呂敷を開ける。中には炒り麦菓子、よく熟れた柘榴《ざくろ》、チーズが二切れ、それから、紙の中に、金の鎖。「あの子ね」女の悲しみに暮れた顔に一時満足の色が浮かぶ。「もっと急いで帰ってくればよかった。また来るといいけど」

　男のシーツを換えながら、「あの子はまた来るわ……だってここに来る前に、私に会いに、叔母の家に来たんだもの……私が寝ている間に。あの子は静かに、物音を立てないで来た。白い衣装を着て、清められた様子だった。無垢な。もう、どもっていなかった。どうしてあの忌々しい孔雀の羽が父にとってそんなに大事だったかを話しに、あの子は私のところに来たの。そして教えてくれたのは、あれは、イヴと一緒に天国から追放された孔雀の羽なんだってこと。それからあの子はまた行ってしまった。質問をする暇さえくれないで」女は点滴バッグを交換し、液が落ちる間隔を調節し、男の近くに座る。「あの子のことを話したり、家に入れたりするのをわるく思わないでね。何が起こっているのかはよく分からないのだけれど、あの子は、なんて言ったらいいか……わたしにはとても意味があるの。私たちの結婚当初、あなたと二人きりになった時に感じたような気持ち。もちろん、あの子だってあなたみたいにひどい男になるかもしれないって分かっていても。そもそも、そうなるに決まっている。あなたたちはみな、女をものにしたとたん、人でなしになってしまうんだから」女は足を伸ばす。「もし、あなたの意識が戻って、また起きられるようになったら、前のようなひどい男になるのかしら」少しの間があって、女の考えはその先へと流れる。「そうは思わない。もしかしたら、こうやってあなたに話していることが、あなたを変えるんじゃないかしらって思うことがあるの。だってあなたは私の声を聞き、話を聞き、考えているもの……考え直しているのよね……」女は男に近づく。「そう、あなたは変わり、私を好きになる。あなたは私が望んでいるように私を抱いてくれる。だって今、あなたは沢山のことを発見したんだもの。私について、あなたについて。私の秘密を知っているし。あなたは今、その秘密に支配されているんだもの」女は男の首を抱く。「あなたは私の秘密を大切にしてくれるわよね。そうしたら私は、あなたの身体を大事にするわ」女は男の股の間に手を入れ、性器を愛撫する。「こんな風に触ったことなかった……あなたの鶉《うずら》を！」女は笑う。「あなた、出来る……？」女は手を男の下穿きのなかに入れる。もう一方の手は自分の脚の間に。女の唇は男の髭に触れ、半開きの口にそっと重ねられる。二人の呼吸は解け合い、混じり合う。「いつも……夢見ていた。指で自分に触りながら、あなたのを私の手で包み込むことを想像していた」少しずつ女の呼吸は激しくなり、リズムが速まり、男の呼吸の速さを超す。脚の間に手を入れながら、女はゆっくりと自慰をし、それから早く、力強く……女の呼吸は次第に切れ切れとなる。息をはずませる。短く。あえぐ。

叫び。

うめき。

再び、沈黙。

再び、動かなくなる。

呼吸だけ。

ながい。

ゆっくりとした。

何回か繰り返される呼吸。

こもった吐息がその沈黙を破る。

女は男に言う。「ごめんなさい」それからゆっくりと動く。男を見ずに、女は男から離れ、納戸から身を引き、壁の隅に身体を押し込める。女は目を閉じている。唇はまだ震えている。女はうめく。徐々に言葉が出てくる。「私ったら、またどうしたのかしら」頭を壁に打ちつける。「ほんとうに、取り憑かれてるに違いない。だって死んだ人が見えるもの……目に見えない者も……私……」女はポケットから黒い数珠を出す。「おお、アッラー……私をどうなさろうというのですか」女の身体は前後に揺れる、ゆっくりと、規則的に。「アッラー、私に信仰を取り戻させてください。私を呪いから解き放ってください、私を悪魔の幻想と幻影から引き離してください！　あなたがムハンマドになさったように」女は突然立ち上がる。部屋を一周する。廊下に出る。女の声が家に響きわたる。「そうよ……ムハンマドは多くの神の使いの内の一人にすぎなかった……彼のような人が彼の前に十万人以上もいた。何かを明らかにする者は、ムハンマドのようになれる……私は、自分自身を明らかにするのだから……だから、私は」女の声は水の音に混じる。女は身体を洗っている。

女が戻ってくる。麦の穂と花の目立たない柄が裾と袖の端を飾っている紫色の服に身を包んで、美しく。

女は納戸の近くの自分の場所に戻る。落ち着いて、すがすがしく、女はこう始める。「私、ハキームにもモッラーにも会いに行かなかった。叔母が禁じたの。叔母は私に、私は気がふれたわけでも、取り憑かれたわけでもないってきっぱり言ってくれた。悪魔に乗っ取られているわけでもないって。私が言ったりしたりすることは、天からの声が私に伝えているので、その声が私を導いているのだって。その声が私の喉から出てきたのだって、何千年も前から隠れている声が」

女は目を閉じ、三回息をしてからまた開く。首を回さず、女は部屋を見渡す、まるで今初めてその場所を発見したとでも言うように。「私は父が来るのを待ってるの。だってあなたたちみんなに、いっぺんに、孔雀の羽の話をしてしまわなければならないから」女の声は優しさを失う。「でもその前に、羽を取り戻さなければ……あの羽で、私の中にわき出てきていろいろなことを明らかにしてくれるあらゆる声の話を書きとめるのだから」女は過敏になっている。「あの孔雀の羽のせいで。そう言えば、あの子はどこに行ったの？　こんな柘榴や、金の鎖がなんだって言うの。羽、私はあの羽が必要なの！」女は立ち上がる。目がぎらぎらと輝いている。気がふれた女のように。女は部屋の外に逃げ出す。家の中を探し回る。戻ってくる。髪は乱れている。埃だらけで。女は、男の写真の前にあるマットレスの上に身体を投げ出す。黒い数珠をまた手にし、たぐりはじめる。
突然、女は叫ぶ。「アル・ジャッバール、それは私!」
女はささやく。「アッ・ラヒーム、それは私……」
女は黙る。

そのまなざしは再び明るくなる。呼吸は男の呼吸と同じリズムを刻む。女は横たわる。壁に向かい合うようにして。

優しい声で、女は話を続ける。「あの孔雀の羽のことが頭から離れないの」爪で、女は壁からはがれているペンキのかけらをこそぎ落とす。「あの羽は最初から、私があの悪夢を見たときからずっと私の頭から離れなかった。いつかあなたに話した悪夢。夢の中で私を脅して、私の一番大きな秘密を知っていると言っていた子のこと……その夢のせいで、私はもう眠るのが嫌になってしまった。でも、少しずつ、その夢は、起きているときでさえも私の中に入り込んできて……私はお腹の中にいる子どもの声を聞いていた。いつでも。どこにいても。ハンマームでも、台所でも、通りでも、あの子は私に話しかけていた。私を脅していた。羽をよこせと言って……」女はペンキの溶剤で青緑色になった爪の端をなめる。「その時私が望んでいたことはただ一つ、その子を黙らせること。でもどうやって？　私、流産しますようにと祈った。この呪わしい子どもが、きれいさっぱりいなくなってしまうようにと。あなたたちはみんな、私が、妊娠した女によくある思い込みに追い立てられているんだと思い込んでいた。でもそれは違う。あなたにこれから、本当のことを言うわ……その子が言っていたことは、本当のこと……その子が知っていたことは、本当のこと……その子は私の秘密を知っていた。その子自身が私の秘密だった。私の隠された真実。私は、その子が出てくる丁度その時に首を絞めてしまおうと決めたの、私の股の間で。それで、私はその子を押し出そうとはしなかった。もしもアヘンで眠らされてなかったら、子どもは私のお腹の中で窒息してしまっていたでしょう。でも子どもは生まれた。私が意識を取り戻したとき、そして、息子じゃないって分かったとき――夢の中のようではなく――娘の姿を見たとき、どんなにほっとしたことか。娘なら私のことを絶対裏切らないって思った。私の秘密を知ったら、あなたは死ぬほど怒るに決まってる」女は振り向く。緑のカーテンの方に頭を向け、蛇のように男の方に這っていく。足元に来たとき、女は男の焦点の定まらない視線を捉えようとする。「だってこの子は、あなたの子じゃなかったんだから！」女は黙り、男がついに我慢の限界を超えるのではないかと待つ。いつものように、反応はない。何も。それで女は思いきって男に宣告する。「そう、サンゲ・

サブール、ふたりの娘はあなたの子じゃない」女は身を起こす。「どうしてか知ってる？子どもが出来なかったのは、あなたのせいで、私のせいじゃなかったから」女は、納戸側の壁の隅に身体を持たせかけて座り、男と同じように、顔をドアの方に向ける。「みんな、私は子どもを産めないと思ってた。あなたの母親は、別の嫁をもらおうと考えてた。もしそうだったら、私はどうなってたと思う？　私も、叔母と同じ目に遭っていたわ。ちょうどその時、私は奇跡のように叔母に再会した。叔母は私の道しるべとして神から遣わされたのよ」女の眼は閉じられている。秘密めいた微笑みが唇の端に浮かぶ。「それで私はあなたの母親に、その手の問題を神業で解決してくれる立派なハキームがいるって話したの。あなたも知ってる話でしょうけど……表向きの話だけをね。とにかく、私たちはお札をもらいにハキームに会いに行った。昨日のことのように覚えてるわ。行きがけに、あなたの母親の口から出た言葉といったら！　私にあらん限りの悪口を浴びせたものよ。これが最後のチャンスだと何度も繰り返しののしったわ。その日、あなたの母親はお金もずいぶんつかったから。その後、私は何度も賢人ハキームの元を訪れ、そうして、私は子を孕《はら》んだ。魔法みたいに。でもね、本当は、このハキームは単に叔母のヒモにすぎなかったのよ。彼は私を、目隠しをされた男とつがわせた。全くの暗闇の中に閉じ込められて。その男は、私に話すことも触ることも禁じられていた。大体、二人とも裸になんかならなかった。私たちはただ下穿きを脱いだ、それだけ。男は若かったと思う。とても若くて、精力もあって。でもどうやら、経験はなかったわね。私の方が、彼に触って、いつ私に入れるか決める役だった。あの男にも、私は一から十まで教えなきゃならなかった。他人の身体を支配するのは素敵なことだけれど、最初の日はひどいものだった。私たち二人とも落ち着かず、ひどく緊張していた。私は男に娼婦扱いされたくなかったから、身体をこわばらせていた。男の方は、おどおどして、こわがって、最後までいくことができなかった、かわいそうにね。何も起こらなかった。二人とも、身体を離したままで、お互いの息づかいだけを聞いていた。私はたまらなくなって声を上げた。私は部屋から出されて……一日中吐いていたわ。こんなことはもう投げ出してしまいたかったけど、もう遅すぎた。二回目からは、段々とましになってきた。それでも、毎回、それが済んだ後で、私は泣いていたわ。よくないことをしたって気がしてたし、世界中を憎んでいた。私はあなたたちを呪ったわ、あなたと、あなたの家族全員を。その苦しみに加えて、夜はあなたに抱かれなければならなかった……。そんな中でも、笑えたことは、私が妊娠してからというもの、あんたの母親は何かありさえすれば、あのハキームのところに始終お札をもらいに行ってたってことね」声にならない笑いが女の胸から出る。「ああ、サンゲ・サブール、女であるのがつらいとき、男であるのも同じようにつらくなるのよ」長いため息が女の身体から出て行く。女は自分の考えに閉じこもる。女の目は暗く、右に左にさまよっている。唇はますます血の気が失せ、動き、何か祈りのようなものをつぶやいている。そして唐突に、女は奇妙に高らかな声で話し始める。「もしも神の教えが、啓示の物語、本当の話を教え示す物語なのだとしたら、私たちの話もまたひとつの教えなのよ。私たちだけの信仰」女は歩く。「そう、身体が私たちに啓示を与えてくれる」女は立ち止まる。「私たちの身体、その秘密、その傷、その苦しみ、その歓び……」女は男の方に駆け寄る。何かを見つけ出し、その手に真実を抱え、男にそれを授けようとするかのように。「そう、サンゲ・サブール……神の九十九番目の異名、つまり最後の異名はなんだか知ってる？　それはアッ・サブール、つまり、忍耐。あなた自身を見て。あなたは神なの。あなたは存在するけれど動かない。あなたは聞くけれど話さない。あなたは見てるけれど目には見えない。神のように忍耐強く、身動きもしない。そして、私はあなたの使い、あなたの預言者、あなたの声！　あなたのまなざし、あなたの手！　今、あなたに本当のことを教えるわ。アッ・サブール！」女は緑のカーテンを開け放つ。それから、カーテンに背を向け、聴衆を前にしているかのように腕を開き、こう告げる。「ここに啓示を授ける。アッ・サブール！」女は男を指さす、虚ろな目の男を、不在の生き物を。

女はその啓示にすっかり夢中になっている。我を忘れて、女は一歩進み、自分の演説を続けようとする。しかし一本の手が、女の後ろから女の手首をつかむ。女は振り返る。男、彼女の夫が女をつかまえている。女は動かないままだ。雷に打たれたように。口を大きく開けて。言葉を宙づりにして。男は突然、岩を持ち上げたときのようにこわばって不器用に身を起こす。

「こ……これは奇跡だわ。生き返りよ!」女は恐怖に押しつぶされた声で言う。「私の秘密があなたを生き返らすって、私は知ってた……私は……」男は女を自分の方に引き寄せ、髪をつかむと頭を壁に打ちつける。女は倒れる。女は叫び声も泣き声も上げない。「今こそ……あなたは砕けるんだわ」女のまなざしは乱れた髪を透かして、見えない何かを見ている。女の声は笑う。「私のサンゲ・サブールが砕ける!」そして女は叫ぶ。「アッ・サブール!」目を閉じる、「アッ・サブール、ありがとう! やっと私は苦しみから逃れられた」そして男の足にすがりつく。

男は、暗くやせ細った顔で、女を再びつかみ、引き起こすと壁に向かって投げ飛ばす。そこには半月刀と写真がかかっている。男は女に近づき、またつかむと、壁にたたきつける。女は男を興奮した顔で見ている。頭が半月刀に触れる。女の手が半月刀をつかむ。女は叫び、言葉にならない声を上げてそれを男の胸に打ち込む。血は一滴も流れない。

男は、まだ力を抜かず、冷淡に、女の髪をつかんで床の上を引きずって、部屋の中央まで連れて行く。頭を床に打ち付け、そして、一気に首を絞める。

女は息を吐く。
男は息を吸う。

女は目を閉じる。
男は迷った目をしている。

誰かが扉をたたく。

男は、半月刀を心臓に打ち込まれたまま、壁の下のマットレスに横たわる、自分の写真の正面に。

女は真っ赤だ。自分の血で真っ赤に染められている。

誰かが家に入ってくる。

女は再びゆっくりと目を開く。
風が立ち、女の身体の上を、渡り鳥が飛ぶ。

訳者あとがき

本書は、*Syngué sabour Pierre de Patience*, POL, 2008. の邦訳です。

作者のアティーク・ラヒーミーは一九六二年アフガニスタン・カブール生まれで、八四年にフランスに亡命してから、映像作家として、主にドキュメンタリー作品を撮っていました。最初の小説として一九九九年に『灰と土』をダリー語（アフガニスタンで使われるペルシア語）で発表し、翌年同書がフランス語に翻訳されると、その名を広く知られるようになり、同作品は二十数カ国語に翻訳されました（邦訳はインスクリプト社より二〇〇三年に刊行）。二〇〇四年この『灰と土』をみずから映画化し、カンヌ映画祭で「ある視点」賞を受賞しています。

その後、小説『千の夢と懼れの家』(*Les Mille Maisons du rêve et de la terreur*)、アフガニスタンで撮った写真とエッセイを纏めた『想像の帰還』（*Le Retour imaginaire*）を出版し、二〇〇八年、初めてフランス語で書いた本書『悲しみを聴く石』でゴンクール賞を受賞しました。フランスで最も権威のある文学賞であるゴンクール賞を、非西欧圏出身の、しかもまだ若い作家が受賞するのは、まれに見る快挙であり、フランス文学界の話題をさらいました。現在はフランスとアフガニスタンを行き来しながら創作活動を続けています。

この小説は、演劇の舞台を思わせる、限定された空間、男が横たわる部屋で起こります。語り手の視点は一定の位置から動かず、部屋の外で起こることはすべて、音や、女主人公の反応などによって読者に伝えられるだけです。その最小限の舞台設定が、張りつめた、緊張感のある雰囲気を与えています。

ダリー語で書いていた時の簡素な文体は、フランス語でも変わらず、一貫した現在形の描写、同じ言葉、繰り返される表現は、映画のシナリオを思わせます。最初はそっけない印象を与えかねないこの文体は、後半に入って、女性の語りの部分が増えていくにつれて、その語りを思い切り前景に押し出し、一方で、情景描写は後景に退かせる、という機能を果たしています。そのことによって女性の語りはますます長くなり、大きな場所を占め、緊迫した状況を作り出していきます。冒頭、静かに数珠をたぐっていた女性を見つめていた読者は、物語の進行に従って徐々に女性の語りに、さらには女性自身の変容に引き込まれ、最後の劇的な幕切れに衝撃を受けることになります。

舞台となる部屋はどこか特定されない場所にあるのですが、部屋の周りで起こっていることから、戦争が起こっている場所であること、そして、幾つかの単語から、イスラーム文化圏であることが推測されます。作者の生まれから、読者は、舞台がアフガニスタンであることを想像しながら読むのでしょうが、実際、この小説には、アフガニスタンの文化・風習にまつわる用語が幾つか出てきます。本来ならば、それらの用語についてここで訳注を加えるのが適切かとも思うのですが、今回はあえて控えました。作者自身、前書きで「アフガニスタンのどこか、または別のどこかで」と書いているように、この話を、地理的・歴史的に限定されたものとしてではなく、あくまでも、どこでも起こりうる、普遍的な面を持ったものとして読まれることを望んでいるからです。

ただ、この本が書かれるきっかけとなったエピソードについては、一言触れておくべきだと思われます。ラヒーミーが各種のインタビューに答えて語っているところによれば、二〇〇五年、ラヒーミーは、アフガニスタンにあるヘラートの文学会議に招かれていましたが、突如その会議が中止になったという連絡を受けます。文学会議の企画者の一員であったヘラート在住の二十六歳の女性詩人、ナディア・アンジュマンが夫に殺害されたためでした。若くしてその作品が認められた、才能ある詩人であったアンジュマンに襲いかかったこの悲劇に、彼女の読者でもあったラヒーミーはショックを受け、早速現地に向かいます。そこで、妻を殺害した後にみずからも自殺を図り、意識不明で入院している夫を目にします。

その時、ラヒーミーは、死者のように横たわる男を見ながら、こう思ったというのです。「もし私がこの男の妻だったとしたら、この男のかたわらで、自分が思っていることをすべて吐き出したに違いない。その時彼女は、どんなことを彼に言うだろうか？」

最初のうちは妻の文学活動を認めていた、教養もある夫が、やがて自分の妻が家の恥だと思いこむようになり、ついには彼女を殺害するという行為に及んだのは何故だったのか、そのような暴力が可能になってしまった瞬間を見極めたかった、とラヒーミーは言います。そして、夫の立場からこの小説を書き出しましたが、続けることが出来ませんでした。ラヒーミーの言葉を借りると、「この小説の中心人物である女性が、私の声を奪ってしまったからなのです。そのせいで私は、作品の中の夫のように身動きが出来なくなってしまいました。彼女は私を、天井に設置されたカメラのように定位置につけ、（中略）そこで、『いいからそこに座って私の話を聞きなさい』と言ったのです。そういうわけで、この小説では、語り手は部屋から出ることが出来ません。この語り手は、舞台を歴史的、地理的に位置づけることも、登場人物をその名で呼ぶことも出来ないのです」

アンジュマンの不幸なエピソードはこの小説の筋とは直接には関わりを持ちませんが、おそらくは人生半ばでその声を封じられてしまった多くの女性たちの代表として、ラヒーミーはこの小説を彼女に捧げています。


女主人公の運命はあまりにもむごく、また、ここで語られる数々のエピソードは現実離れしているように思われるかもしれません。しかし、これが小説の中でだけの誇張やフィクションではなく、現地の多くの女性にとってのあまりにも日常的な現実であること、そして、それがアフガニスタンだけではなく、まさに「別のどこか」、特に戦争が行われている場所に生きる多くの女性にとっての現実でもあるところに、ここで語られていることのさらなる悲劇性があります。

ただし、ラヒーミーは、「アフガニスタンの女性の悲惨な状況について書くことが自分の目的ではなかった、と語っています。「メディアで報道されるアフガニスタンの女性はヴェールの後ろに隠れ、夫に服従する、虐げられた女性というイメージしかもたらさないけれど、実際のアフガン女性たちは、男性にも負けない強い個性を持っている。しかし同時に、最も抑圧されている存在でもある、その矛盾する状況を同時に生きているのがアフガニスタンの女性であり、それを見てもらいたい」

確かに、女主人公は、過酷な状況に身を置きながら、告白を重ねることで、より力強い言葉を獲得し、男を罵り、さらには、自分で自分の運命を切り開いていこうとする力も持っています。おそらく、女性詩人アンジュマンがそうであったように。

フランスでの書評の中には、こういった主人公の人物設定を「西欧化しすぎている」と批判したものもありましたが、それこそがまさに、「伝統的な」社会に暮らす非西欧の女性たちの多くをひとつのイメージの中に閉じこめてしまう、限定された視線であって、ラヒーミーは、小説の中で、そこから彼女たちを解放しようとしているのです。孔雀の羽を手に、自らの物語を書こうとしていた女主人公。その声に耳を傾け、彼女に代わって、それを出来る限り、矛盾も相反するイメージもそのままに誠実に書きつづったのが、本書なのだと言えるでしょう。

ラヒーミーは今までにも、何かを口に出すこと、または話さずにいることを好んでテーマにしてきました。本書でも、主人公の女性の語りは、沈黙や間、祈りの言葉、意味の分からない老婆の言葉などの間に置かれています。また、その告白もよどみなく語られるわけではなく、彼女は、何かを言うたびに、それを口に出してしまったことに対して罪悪感を抱きます。彼女自身、自分に何が起こっているか分からないのです。他人に何かを話すことで自分の苦しみを軽くすることが出来る、という経験が、それまでの彼女になかったからでしょう。

『灰と土』では、主人公の老人が、悲劇を息子に伝えるべきか否かを逡巡すること自体がテーマとなっていました。本書でも、告白の内容、その秘密の深刻さだけが問題になっているのではありません。そもそも告白する、という体験自体が主人公の女性にとっては人生で初めてであり、それゆえに決定的で致命的な行為となっているのです。

ラヒーミーは、今までダリー語で創作を行ってきましたが、その作品は主にフランスのPOL社を通じて出版され、外国語への翻訳もほとんどがフランス語からなされています。その彼が、今回フランス語で初めてこの小説を書いたことについて、「自分がその中で育った言語にあっては、口にすべきではない言葉を内在化し、無意識のうちにそういった言葉を口にするのを自らに禁じてしまうでしょうし、結果的に、検閲を受けているような気持ちに陥ったことでしょう。母国語とは、禁止とタブーを学ぶ言葉なのです」と語っています。二十年以上フランスに住み、しかもカブールでの高校時代からフランス語教育を受け、フランス文化に親しんできたラヒーミーにとって、フランス語で書くことは、特別な理由がなくても、ごく自然な成り行きで選択され得たようにも思われます。しかし、実際にはそうではありませんでした。亡命後二十年を経て、母国アフガニスタンを訪れ、その変貌ぶりに衝撃を受けて以来、もはやダリー語では書けなくなってしまったのだ、と彼自身告白しています。

母国語から離れ、フランス語で書くことによって、自分は自由になれた、この小説をきっかけに初めて書けるようになったことは多い、とラヒーミーは語っています。語ることの出来ないのは女性だけではない、自分が育ってきた社会においては、男性もまた自己検閲にさらされ、例えば自分の弱さについて、政治について、またはある種のセクシュアリティに関する話題について口にすることが出来ないのだ、と。「女性と男性の運命は分かちがたく結びついていて、女性にとって辛い状況は男性にとってもまた辛いものなのです」と彼は言っています。

この作品をダリー語で書き、母国アフガニスタンで出版することは、現実的には、ほぼ不可能でしょう。しかし、そういった実際的な理由だけでフランス語が選択されているのではありません。この小説をフランス語で書く、という選択は根本的に文学的選択なのだと言えるでしょう。先ほど、ラヒーミーは女主人公に代わって、彼女の告白を書きつづったのでは、と述べましたが、ラヒーミー自身、書き手として、自分の母国語ではない言語の選択によって、初めて書くことの出来る表現、内容をこの小説で見つけ出したのではないでしょうか。

辞書を何度も引きながら、長い間かけて文章を推敲していった、と作者は語っていましたが、実際、母国語で書いている時には避けられるはずの、もどかしい思いを時にはしながら、自分の創作言語としては新しい言葉を前に、幾度も消しては書き直し、書かれるべき言葉を探していく作業には、初めて告白することを見いだした主人公の女性の語りと通じる身振りがあるように思われてなりません。女性だけではなく、男性としても、書き手としても口に出せなかったことが、ここで言葉にされているのです。さらに付け加えるならば、この小説の原題「サンゲ・サブール」だけは、あえてダリー語でつけられていること、そしてその題名が二十世紀イランの重要な作家サーデク・チューバク Sadeq Chubak の作品「サンゲ・サブール」Sang-e sabur と呼応していることを考えると、ダリー語からフランス語への移行が単純な自我の解放ではない、複雑な揺り戻しのプロセスが浮かんできます。フランス語で書く上で、どうしても「ダリー語でなくては伝えられなかったこと」が残ったのかもしれません。そしてそれが、他の作家の作品名を谺のように取り込むことで、直接には口に出来ないタブーの存在を意識しつつ、ダリー語を解する人には何重にも間接的なメッセージとして現れているのかもしれません。二つの言語を引き受けること、そこで大きなテーマを扱うことの、多くの普遍的な問題がここに凝縮されているのです。

長い亡命生活の後、ターリバーン政権崩壊後に祖国の土を再び踏んだラヒーミーは、現在二ヶ月に一度はアフガニスタンに戻り、若い映画監督の育成や、文学ワークショップの開設など、様々な活動を組織しています。人口の六〇パーセント以上が二十歳以下という、文字通り「若い」国でそのような活動を行う意義は極めて大きなものがあると思います。

亡命時の様々な困難を経て、現在は自由に創作活動を展開できているラヒーミーの中には、それらの若い表現者たちの姿が自分の青春期と重なることもあるのだろうと想像します。実際、亡くなったナディア・アンジュマンとその仲間たちが文学会議を実現させようと準備していたように、若い作家たちの活動はすでに芽吹きつつあるのでしょう。今後日本でも、多くのアフガニスタン発の現代文学に触れられる日が来ることを願ってやみません。

いつものように、原文のニュアンスについて訳者の質問に丁寧に答えてくれたジュスティーヌ・ランドー、アレクサンドル・パパス各氏に感謝します。山中由里子氏からは、特にイスラーム文化に関する訳語においての貴重な助言をいただきました。そしてなにより、ラヒーミーのゴンクール賞受賞の翌日に早速連絡を下さってから本書が出来あがるまで、常に訳者を支え、的確なアドヴァイスを与えて下さった、白水社の鈴木美登里氏に深く感謝します。

二〇〇九年八月　グラナダにて

関口涼子

訳者略歴
関口涼子（せきぐち・りょうこ）
翻訳家、詩人
一九七〇年東京生まれ、パリ在住。
主要訳書
アティーク・ラヒーミー『灰と土』（インスクリプト）
ジャン・エシュノーズ『ラヴェル』（みすず書房）
詩集に『グラナダ詩編』、『熱帯植物園』などがある。

〈エクス・リブリス〉
悲しみを聴く石
二〇〇九年一〇月二五日　第一刷発行
二〇一〇年三月一〇日　第三刷発行
著　者　アティーク・ラヒーミー
訳　者 ©　関口涼子
発行者　及川直志
印刷所　株式会社三陽社
発行所　株式会社白水社
東京都千代田区神田小川町三の二四
電話　営業部〇三（三二九一）七八一一
　　　編集部〇三（三二九一）七八二一
振替　〇〇一九〇-五-三三二二八
郵便番号　一〇一-〇〇五二
http://www.hakusuisha.co.jp
乱丁・落丁本は、送料小社負担にてお取り替えいたします。
誠製本株式会社
ISBN978-4-560-09005-3
Printed in Japan

エクス・リブリス

EXLIBRIS

■デニス・ジョンソン　柴田元幸訳

ジーザス・サン

緊急治療室でぶらぶらする俺、目にナイフが刺さった男。犯罪、麻薬、暴力……最果てでもがき、生きる、破滅的な人びと。悪夢なのか、覚めているのか？　乾いた語りが心を震わす短編。

■ポール・トーディ　小竹由美子訳

イエメンで鮭釣りを

砂漠の国に鮭を放つ!?　イギリス政府も巻きこんだ奇想天外な計画「イエメン鮭プロジェクト」の顛末はいかに……処女作にしてイギリスで40万部を記録したベストセラー長編。

■ロベルト・ボラーニョ　松本健二訳

通話

スペインに亡命中のアルゼンチン人作家と〈僕〉との奇妙な友情を描く「センシニ」をはじめ、心を揺さぶる14の人生の物語。ラテンアメリカの新たな巨匠による、初期の傑作短編集。

■ロイド・ジョーンズ　大友りお訳

ミスター・ピップ

島の少女マティルダは、白人の先生に導かれ、ディケンズの『大いなる遺産』を読み、その世界に魅せられる。忍び寄る独立抗争の影……最高潮に息をのむ展開と結末が！　英連邦作家賞受賞作品。

■クレア・キーガン　岩本正恵訳

青い野を歩く

名もなき人びとの恋愛、不倫、小さな決断を描いた世界は、「アイリッシュ・バラッド」の味わいと、哀しみ、ユーモアが漂う。アイルランドの新世代による、傑作短編集。小池昌代氏推薦！

■デニス・ジョンソン　藤井光訳

煙の樹

ベトナム戦争下、元米軍大佐サンズとその甥スキップによる情報作戦の成否は？　『ジーザス・サン』の作家が到達した、「戦争と人間」の極限。山形浩生氏推薦！　全米図書賞受賞作品。